그 젊은 날의 회상

그 젊은 날의 회상

발행일   2022년 7월 15일

지은이   이원호
펴낸이   손형국
펴낸곳   (주)북랩
편집인   선일영   편집   정두철, 배진용, 김현아, 박준, 장하영
디자인   이현수, 김민하, 김영주, 안유경   제작   박기성, 황동현, 구성우, 권태련
마케팅   김회란, 박진관
출판등록   2004. 12. 1(제2012-000051호)
주소   서울특별시 금천구 가산디지털 1로 168, 우림라이온스밸리 B동 B113~114호, C동 B101호
홈페이지   www.book.co.kr
전화번호   (02)2026-5777   팩스   (02)2026-5747

ISBN   979-11-6836-393-9 03810 (종이책)   979-11-6836-394-6 05810 (전자책)

(주)북랩 성공출판의 파트너
북랩 홈페이지와 패밀리 사이트에서 다양한 출판 솔루션을 만나 보세요!
홈페이지 book.co.kr • **블로그** blog.naver.com/essaybook • **출판문의** book@book.co.kr

작가 연락처 문의 ▸ ask.book.co.kr
작가 연락처는 개인정보이므로 북랩에서 알려드릴 수 없습니다.

베트남 전쟁의
겉과 속,
그 적나라한 모습들

그 젊은 날의
회상

이원호 지음

1972년부터 1973년까지

베트남 전쟁에 파병된 백마사단 박쥐부대
전투부대원의 기록, 그리고 그 이후

북랩

들어가며

이 기록물은 1972~1973년 베트남 전쟁에 파병되어, 백마사단 박쥐부대에서 겪은 전쟁의 참담함과 군영 생활의 희로애락을 회고해 본 것입니다. 당시는 베트남 전쟁의 막바지로 월맹 정규군과 베트콩 게릴라들의 대규모 합동 침공 작전으로 전황이 최고조에 이르던 시기였습니다. 필자의 파병 때부터 베트남에서 한국군이 철수할 때까지의 사건과 생생한 경험을 담았습니다.

베트남 전쟁을 소재로 한 문학작품은 많았지만, 전투원으로 실전에 참가한 직접경험자에 의한 기록물은 접하기가 어렵습니다. 소설과 같은 문학작품의 경우 사실에 기초했다고 해도 허구적 요소가 가미되기 쉽습니다. 다큐멘터리형 기록들은 대부분 베트남 전쟁에 대한 평가나 문제점을 다루는 관계로 편향성을 갖기도 합니다. 또 군 당국의 공식 기록들은 전쟁 참여의 명분과 전과를 중심으로 제작되어 겉과 속을 생생하게 보여 주기 어려운 한계가 있습니다.

필자가 겪은 사실을 기록한 이 책은, 베트남 전쟁이 최고조에 달하는 시기에 일반병으로 파병되어, 전투부대원으로 근무하며,

전우들과 함께 겪은 1년여 세월의 경험을 가감없이 담아낸 것입니다. 베트남 전쟁에 대한 많은 논란에도 불구하고, 파병을 결정한 것은 대한민국 정부이고, 참전의 명분은 자유와 평화의 수호였습니다. 그러나 조국의 명령에 의해 전장에 투입되고, 사선을 넘나드는 전투를 치르며, 전쟁의 참상을 온몸으로 받아 낸 것은, 바로 우리 베트남 전쟁 참전 전우들이었던 것입니다.

아직 15만이 넘는 베트남전 참전 전우들이 대한민국에서 노후의 여생을 보내고 있습니다. 베트남전 종전 후 70, 80년대 고성장세를 구가한 대한민국은 최근 공식적으로 선진국 대열에 진입했고, 참전 장병에서 경제 성장의 주역으로 일익을 담당했던 베트남전 참전 전우들은, 이 과정을 지켜보며 뿌듯함을 느꼈습니다. 참전국 병사들 중 가장 부실한 대우를 받으면서도, 조국을 위해 마땅히 감당해야 할 사명이라 생각하고 죽음도 불사하고 베트남의 전쟁터를 누벼야 했습니다. 그때 참전했던 전우들은 이제는 비록 늙었지만, 패기와 기상이 살아 있는 따이한 노병들로 당당한 인생을 마무리해 나가고 있습니다.

그 멋진 전우들에게 가슴 절절한 이 기록을 바칩니다. 감사합니다.

월남전참전전우회 이인교

뒤늦게 책을 쓰게 된 이유

필자가 베트남 전쟁에 참전을 하게 된 시점이 1972년 3월이니 어언 50여 년 전의 이야기가 되나 봅니다. 이제 와 새삼 무슨 베트남 전쟁 이야기냐고 하겠지만, 전쟁의 참상을 전투요원의 신분으로 겪어 본 분들이라면 그 극심한 트라우마를 이해할 것이고, 그 때의 기억을 떠올린다는 것이 얼마나 괴로운 일인지 공감하실 것입니다.

군에서 전역을 한 후에도 전쟁의 환영과 악몽에 시달리는 나날이 계속되었습니다.

거의 매일 밤, 작열하는 태양 아래 집채만 한 무게의 배낭을 메고, 비지땀을 흘리며 산악을 오르는 자신의 모습이 보입니다. 전방에는 격추된 아군의 헬기가 시커먼 화염을 내뿜고 있는 모습도 보입니다. 비록 꿈속이지만, 그 두려운 전쟁 속으로 들어가는 참담함은 이루 말할 수 없이 생생하게 느껴졌습니다.

"아니, 나는 제대를 한 것이 분명한데 도대체 왜 내가 이 전쟁터에 다시 오게 됐단 말인가? 이 고통을 어찌 해결해야 된단 말인가?" 꿈속에서 지옥을 헤매다가, 온몸이 식은땀으로 범벅이 되어 비명을 지르며 잠에서 깨곤 하였습니다.

그뿐만이 아니었습니다. 거리를 활보하다가도, 어쩌다 전투기나 헬기가 보이기라도 하면, 갑자기 또 그때의 악몽이 되살아나 치를 떨곤 하였습니다.

그러니 어찌 감히 그때의 악몽을 스스로 일깨우고 싶었겠는가 말입니다.

정신과 치료도 한동안 받았지만, 세월이 유수같이 흐르다 보니, 이제 조금은 자연 치유가 된 듯도 하여, 이렇게 회상을 할 수 있게 되었습니다.

이제라도 전쟁의 참상을 역사적 기록으로 남겨야 한다는 생각에, 일흔을 훨씬 넘어선 나이에 컴퓨터를 두드리며, 50년이 넘어가는 기억들을 되살려 보았습니다. 누렇게 뜬 편지와 일기장을 뒤적이고, 빛바랜 흑백사진들을 찾아 스캔을 하고, 정신을 가다듬어 오래된 기억을 떠올리다 보니, 눈에 충혈이 가시지 않았습니다. 그래도 나름 의미 있고, 보람 있는 작업이었다고 생각합니다.

그럼 이제부터 그때의 모습을 한 장 한 장 들추어 보도록 하겠습니다.

채명신 전 주월사령관님과 함께

2021년 11월 24일 월남전 참전 전우들과 제주도 여행 중,
필자와 닮은 돌하르방과 함께

차
례

들어가며 4
뒤늦게 책을 쓰게 된 이유 6

**제1장
전투와
군영 생활**

베트남 전쟁 참전을 명받았습니다 15
베트남을 향하여 26
전쟁터 베트남에서의 새로운 군 생활 36
전투 현장으로의 투입 53
성마 72-1호 작전의 시작 57
특공대를 조직하다 75
적 본거지에 팬텀기 공습 폭격 83
100일 잔치의 추억 88
전입병의 반란 95
연애편지 104
탐색 작전 107
전쟁터에서의 부적 116
향수를 달래려고 119
첨병 분대장으로 작전에 서다 132
나의 유서와 주님 144
무공포장과 월남동성훈장을 함께 받다 152
전쟁 중 특별 고국 휴가 20일—휴가 출발 157
전쟁 중 특별 고국 휴가 20일—즐거운 추억 166
전쟁 중 특별 고국 휴가 20일—솔이 엄마와의 시간 177
다시 베트남으로—부대로 복귀하기 전의 베트남 체험 196
행운을 부르는 '샐리의 법칙' 206

존슨 대통령의 휴전협정 서명 및 한국군의 철수 222
베트남 참전 장병들의 오랜 숙원과 현실을 바라보는 노병의 마음 233

제2장
베트남 전쟁
기록 사진들

한국을 떠나 베트남을 향하여 243
죽음을 넘나드는 전투 현장 251
적나라한 전쟁의 참상 264
베트남 전쟁의 특별한 기록들 281
전투 장비와 야전식량 290
시누크의 작전 모습 296

제3장
자랑스런
한국인
전쟁 영웅
채명신 장군

반대와 찬성 논란 속의 베트남 전쟁 참전 306
채명신 전 주월사령관과의 개인적 인연 309
채명신 장군의 인품에 얽힌 일화들 315
소신을 가지고 원칙을 지킨 채명신 장군 321
채명신 전 사령관에 대한 평판과 찬사 322

제4장
전쟁의
상처를
봉사와 친선의
에너지로

기동봉사대의 발족 333
새로운 시작, 월남참전전우회 용산 회장 취임 343
KBS·『중앙일보』 주최 우수봉사단체상 수상 351
사회복지재단 '창인원'과의 자매결연 및 지원 356
삼풍백화점 붕괴 대형 참사 사건 360
베트남 빈딩성 성장의 초청장 369
자매결연 조인을 위한 퀴논 시의회 초청 행사 409
이태원 퀴논의 거리 413
라이따이한! 418
행사 및 방문의 기록 사진들 422

글을 마치며 455

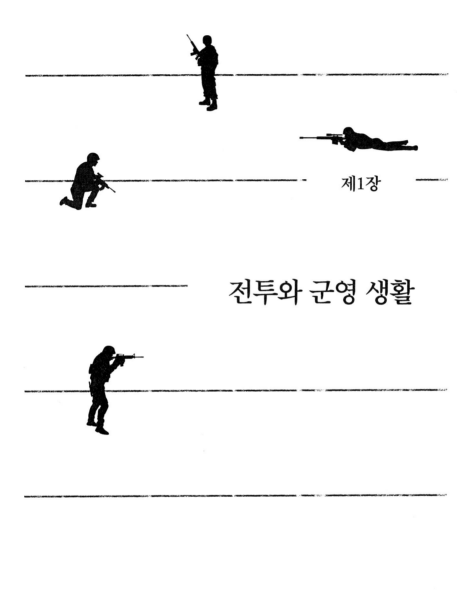

제1장

전투와 군영 생활

베트남 전쟁 참전을 명받았습니다

베트남 전쟁 참전 당시 대한민국의 현실

6·25 전쟁이 끝난 즈음, 우리나라의 경제 규모는 120여 독립국 중 100위권 밖의 최빈국이었음을 우선 상기해야 할 것 같습니다. 참고로 당시 북한은 40위권 정도로 남한보다 매우 높은 수준이었습니다. 6·25가 끝난 지 14년 후인 1964년, 최초로 베트남에 파병을 할 때에도, 한국 1인당 국민 소득은 103달러로, 남한의 경제력은 북한 경제력의 절반 수준도 안 되었습니다. 당시 우리나라에서는 소총이나 대포는 물론, 통조림 깡통이나 손톱깎이 하나도 제대로 만들 줄 모르는 완전 최고 후진국이었던 것입니다.

그러던 대한민국이 베트남에서 한국군이 철수한 1973년에는 1인당 국민 소득이 542달러로 높아졌으며, 그때를 기점으로 세계를 놀라게 한 한국의 급속한 경제 발전이 시작되었다는 것은 커다란 아이러니가 아닐 수 없습니다. 이는 베트남 전쟁 참전이 전례 없는 한국의 경제 성장에 어떤 영향을 끼쳤는지를 다시 돌아보게 하는 계기가 되고 있습니다. 아울러 당시 참전했던 한국군 장병들에 대한 국가의 예우에 대해서도 한 번 더 짚어 보아야 할 것입니다.

베트남 전쟁 참전 준비 훈련소

강원도 철원 휴전선에서 복무하던 중에 갑자기 베트남 전쟁 참전 명을 받았습니다. 곧이어 강원도 화천군 오음리에 있는 월남파병훈련소에 입소를 하게 되었습니다.

그때가 1972년 1월이니까 훈련소 주위의 산과 들은 온통 하얀 눈으로 덮여 있었는데, 이곳 훈련소는 지금까지의 모든 훈련소와는 분위기 자체가 사뭇 달랐습니다.

월남파병훈련소에 입소한 참전병의 거의 다가 기본적인 군사훈련을 모두 이수한 병력들이었기에, 훈련소의 교육 과정은 베트남의 기후와 자연조건, 그들 게릴라전술의 특성과 대응책, 정신교육 위주로 편성되어 있었습니다. 기본적으로 그리

힘든 건 없었습니다.

최초 베트남에 파병되었던 비전투부대와는 달리, 맹호나 백마, 청룡과 같은 전투부대가 이곳에 처음 입소하였을 때는, 하루에도 여러 명씩 탈영병이 끊임없이 속출하였다고 합니다. 그러다 보니 아마도 혹된 훈련이나 면회 금지 때문이 아닐까 하여 이를 가급적 많이 완화된 듯하였습니다.

민가와 동떨어진 야산에 위치한 훈련소 외곽으로는 철조망이 원을 그리며 길게 이어져 있었습니다. 처음 여기에 입소하고 보니, 이곳 훈련소는 훈련병들에게 비교적 따뜻하고, 온화한 분위기를 느낄 수 있게 초점을 맞춘 듯한 느낌을 받았습니다.

하기야 이곳에서 4주간의 훈련이 끝나면 곧바로 생사를 넘나드는 전쟁터로 끌려가야 하는 병사들로서는, 암울한 감정에 치우치기 쉽습니다. 그를 감안해서 아마도 많은 배려가 있는 게 아닐까 하는 생각이 들었습니다.

낮에 교육이 끝나면, 저녁 식사 이후에는 상상 외로 아주 자유로운 분위기의 시간이 허용되었습니다. 낮에 훈련을 마친 병사들은, 저녁 시간에 편지를 쓰거나 잡담으로 시간을 때우다가, 교대로 철조망 곳곳의 초소에 나가 한 시간씩 경계근무를 서는 정도였습니다.

내가 그곳 오음리훈련소에 입소하여 처음으로 초소에서 보초를 서던 시간이 아마도 밤 8시경이었던 것으로 기억됩니다. 전 근무자와 교대하여 근무를 시작하려는데, 이쪽 철조망 가까이로 한복을 곱게 차려 입은 아가씨 두 명이 다가오는 것이었습니다.

아니, 그런데 이게 웬일입니까?

스스럼없이 바로 저를 향해 돌진해 다가온 두 아가씨는, 묘한 미소로 수줍은 듯 "안녕하세요? 추운데 고생이 많으시네요!" 하는 것이었습니다. 수줍은 사람은 오히려 나인 것 같아서 어쩔 줄 몰라 하는 사이에, 나에 손에는 어느새 하얀 사기술잔 하나가 쥐어져 있었고, 그 위로 붉은 포도주가 주전자 꼭지를 타고 조르륵— 잔에 채워지고 있었지 뭡니까!

"아니, 이게 뭡니까?"

의아해하는 나의 말이 채 끝나기도 전에 기다렸다는 듯이 아가씨들이 하는 말,

"예, 저희들은 요— 앞에 '평양옥'에서 왔어요. 근무 끝나시면 놀러 오시라고요!"

아가씨 하나가 가리키는 손가락 끝을 따라가 보니, 요즘으로 치면 룸살롱 쯤에 해당되는 유흥업소, 일명 '방석집'들이 빼곡히 줄지어 늘어서 있었습니다. 그중 제일 가까운 곳에 '평양옥'이라는 환한 간판이 보였습니다.

"아니 군인들이 무슨 돈이 있다고 거길 간답니까?"

내 말이 떨어지기가 무섭게, 미소가 예쁜 한 아가씨가 그럴 줄 알았다는 듯이 반색을 하며, 내 말을 받는 것이었습니다.

"돈 없으셔도 괜찮아요, 요기 가슴에 적힌 훈련병 번호와 이름을 적고 사인만 하시면 돼요!"

아하, 그렇지! 지금까지 한국에서 받았던 봉급 1년치가 선불로 지급되는데, 그 금액에서 술값이 공제된다고 누구한테서선가 들었던 말이 떠올랐습니다. 순간, 나는 아가씨들 얼굴을 번갈아 가며, 다시 한 번씩 더 쳐다보았습니다.

잠시나마 그 아가씨들에게 관심을 가져도 괜찮을 것 같다는 여유로움에서 그랬었던 것이 아니었을까요? 밤에 본 화장한 여자 얼굴이라서 그랬던 걸까요? 아니면 내가 틀에 박힌 군바리라서 그랬던 걸까요? 어쨌든 그들은 많이 예뻐 보였습니다.

일본 속담에 "여자를 볼 때, 우산 밑의 여자, 밤에 보는 여자, 그리고 술 마시고 보는 여자는 믿지 말라."라고 하지 않았던가! 하물며 깊은 밤중에 한 손에는 술잔이 들려 있는 상태에서, 고운 한복에 야하게 화장을 하고, 화사한 미소까지 지어 주는 아가씨들인데 어찌 예뻐 보이지 않을 수가 있었겠습니까?

"알았어요. 내가 한 시간 후에 다른 녀석들 데리고 갈 테니 그거나 한 잔 더 주소."

초소 근무 한 시간을 마치고 내무반에 들어가, 철조망을 넘는 데 동의하는 두 녀석을 찾아내, '평양옥'으로 쏜살같이 달려 갔습니다. 철조망이 부대 전체 주위로 빙 둘러쳐져 있긴 하지만 허술하기 짝이 없었습니다. 아마도 전쟁터로 보내는 병사들의 일탈을 눈감아 주고, 유흥이라도 즐기게 해 주려는 배려가 아니었나 생각되기도 합니다.

옛말에 "외상이면 사돈집 소도 잡아먹는다."라고 하지 않았던가요!

'그래, 우린 이제 곧 전쟁터로 끌려갈 놈들이지! 그 험한 전쟁터에서 나라고 죽지 말라는 법은 없지 않는가! 어쩌면 이 모두가 저승으로 가져갈 마지막 추억들이 될지도 모르지 않겠나! 이런 생각을 하는 게 여기서 어디 나 하나뿐이겠는가!'

그런 생각을 하니, 철조망을 넘는 게 그리 두렵지도 않았던 것 같습니다.

그래도 확실한 것은 군인 정신만은 분명 살아 있었다는 것입니다. 낮에 훈련과 교육이 끝나면, 밤에는 유흥으로 시끌벅적한 분위기인지라, 과연 군대의 훈련소가 맞나 싶을 정도로 군기도 해이해질 듯도 한데, 그래도 군인인지라 누구 하나 크게 흐트러짐은 없었습니다

이런 와중에도 술을 못 마시는 병사나, 몸을 사리는 좀팽이들은 어디 가나 있게 마련이었습니다. 그 숫자가 어느 정도인지 정

확히는 알 수 없지만, 아마도 최소한 30~40퍼센트 이상은 철조
망 밖으로 나가 술 한잔 마셔 보지 못했을 것입니다.

그 당시만 해도 우리나라 직업 분포도를 보면 농민이 약 70퍼
센트 정도였으니, 시골에서 농사 짓다가 군에 온 병사가 대부분
이었습니다. 초등학교 보낼 등록금도, 교과서 살 돈도 없어서, 학
교 문턱에도 못 가 보고, 글도 모르는 병사가 한 소대(40여 명)에
서너 명씩이나 되었던 시절이었습니다. 역설적으로 그만큼 순
진한 병사들도 많았다는 얘기입니다.

나의 군대 동기 중, 바닷가나 도시 생활의 경험이 전혀 없
었던 충북 충주의 한 병사가 있었는데, 한번은 꽃게를 보더니
깜짝 놀라며 "아니 저렇게 괴물 같은 것을 어떻게 먹냐?" 하고
기겁을 하기도 하였습니다. 믿겨지지 않는 분들도 많을 것입
니다.

어쨌거나 당시의 우리네 성품들은 무척이나 순박하고 단순
했던 것이 사실입니다.

나는 그날 처음 가 본 '평양옥'에 이후에도 몇 번 더 갔었지만,
한국에서의 1년치 봉급이 다 된 것 같다고 생각되자, 더 이상 갈
수가 없어서 그만두었습니다. 뒤에 안 사실이지만, 1년치 봉급의
몇 배를 더 마셨다는 녀석들도 있었습니다. 그들의 말에 의하

면, 그렇다고 해서 그 이후 그 술값에 대해 문제가 야기된 경우
는 없었다고 하니, 갑자기 내심 억울한 생각이 들기도 하였습
니다.

그런 술집 안에서는 술만 마시는 게 아니고, 화투판이 크게
벌어지기도 했습니다. 베트남 전선으로 떠나가기 전에, 미리
준비한 현금이나 금반지 등을 가지고 있는 병사들도 적지 않
았기 때문입니다. 그들 중에 노름에 자신이 있는 녀석들이 다
른 돈 있는 병사들을 부추겨서 노름판이 시작되는 것 같았습
니다. 그중에 더러는 금반지를 여러 개씩, 많게는 대여섯 개씩
이나 가지고 있는 타짜도 있었다고 합니다.

그렇게 훈련을 마치고 이곳을 떠나려 군용차량에 올라 탈 때
는, 멀리 안 보일 때까지, 온 동네 술집 식구들이나 주민들이
큰길로 나와, 태극기를 흔들며 아쉬움에 작별 인사까지 해 주
는 따뜻함도 보여 주었습니다.

화천 오음리 훈련장 전경

그 훈련장 자리에는 2008년 '베트남 파병 용사 만남의 장'이라는 이름의 기념관이 건립되었습니다. 나는 그 기념관을 다섯 번 방문했습니다. 그 옛날 철조망 밖의 아기자기했던 그 많은 술집들의 모습은 온데간데없고, 그 흔적조차도 찾아볼 수가 없었습니다. 이제 그곳에는 기념관, 훈련 체험장, 내무반, 베트남 구찌땅굴, 중장비 무기 등 다양한 시설들이 설치되어 애국 교육의 장으로 사용되고 있었습니다.

옛 화천군 오음리 훈련장을 기념관으로 개관한 모습

베트남을 향하여

베트남 땅으로 출항하다

　베트남전 파병의 명을 받아, 강원도 화천군 오음리에서 베트남전 훈련을 받은 후, 기차를 타고 용산역을 거쳐, 드디어 부산항 제3부두에 도착을 했습니다.

우리 모두가 수송선에 오르고 나니, 앞쪽에 간이 무대가 설치되어 펼쳐져 있었습니다. 우리는 대형 여객선 위에서 아래를 내려다보는 상태에서 연예인들의 환송 위문 공연이 이어졌습니다. 이어서 여고생들의 환송가와 「달려라 백마」가 우리의 귓전에 울려 퍼질 즈음, 우리는 그제서야 "아! 이젠 정말 베트남 전선으로 떠나는구나!"라는 긴장감에 젖어 들었습니다.

　사랑하는 아들, 남편 등을 베트남 전선으로 떠나보내는 군인 가족들의 눈물과 환송으로 정신없이 시끄러운 가운데, 배에서는 길고 구슬픈 뱃고동 소리가 울려 퍼지기 시작했습니다. 뱃머리가 서서히 돌려지고 있을 즈음, 이때 또다시 힘차게 울려 퍼지는 여고생들의 합창, 군가 「달려라 백마」를 귓전에 담으면서 우리 모두는 염원을 가득 담아 기도를 올렸습니다. 나 역시 나도 모르는 사이에 하늘을 우러러, 신께 아주 간절한 기도를 올리고 있었습니다.

　"하느님! 저의 간절한 기도를 들어 주소서, 제가 전쟁터에서 죽는 것은 두렵지 않사오니, 제발 부상당해 불구가 되지는 않게 하여 주시고, 만약 불구가 되어야 한다면 차라리 죽음을 주시옵소서!"

달려라 백마

아느냐 그 이름 무적의 사나이
세운 공도 찬란한 백마고지 용사들
정의의 십자군 깃발을 높이 들고
백마가 가는 곳에 정의가 있다
달려간다 백마는 월남 땅으로
이기고 돌아오라 대한의 용사들

아느냐 그 이름 역전의 사나이
그 이름도 찬란한 백마고지 용사들
자유의 십자군 깃발을 높이 들고
백마가 가는 곳에 자유가 있다
달려간다 백마는 월남 땅으로
이기고 돌아오라 대한의 용사들

아느냐 그 이름 상승의 사나이
청사에 찬란한 백마고지 용사들
평화의 십자군 깃발을 높이 들고
백마가 가는 곳에 평화가 있다
달려간다 백마는 월남 땅으로
이기고 돌아오라 대한의 용사들

백마부대

국민 소득 340불 시대의 참담한 희극

　거대한 미국 수송선을 타고 베트남 항구를 향한 6일간의 태평양 항해가 시작되었습니다. 그 배 안에서 가난한 백성들이었기에 겪어야만 했던 잊지 못할 에피소드도 많았습니다.

　당시 우리 군인들은 사회에서나 군대에서나, 구더기가 득실거리고 악취가 코를 찌르는 '푸세식' 재래 화장실만 알았지, 수세식 화장실이란 것은 생전 구경조차 못 해 본 실정 이었습니다. 그러니 거대한 최신식 시설을 갖춘 배 안의 화장실은 그야말로 희한한 별천지로만 보였던 것입니다. 아무리 처음 본 화장실이라도 소변기는 알아차리겠는데, 양변기는 너무 낮이 설어 도무지 이해할 수가 없었습니다. 당시 우리나라의 국민 소득은 지금의 100분의

1 정도에 불과할 정도로 극심한 가난의 시절이었으니 당연한 일이었을 것입니다.

당시에는 비료도 귀하고 없었던 시절이라서, 인분을 밭에 뿌려 비료로 쓰던 처참한 빈곤의 시대였었 던지라, 감히 수세식 좌변기를 꿈엔들 생각해 보기나 했겠습니까?

아주 깨끗한 큰 사기 용기에 물이 고여 있으니, 처음 보는 입장에서는 그게 세수하는 곳으로 보이는 것도 무리는 아니었을 것입니다. 그게 아니라면 무엇에 쓴 물건인지 도대체 감이 잡히지 않을 수밖에 없었습니다. 화장실 즉 변소라기에 찾아서 들어갔는데, 소변 보는 곳만 있고, 옆 문들을 열어 보아도 뒷간은 보이질 않으니 어쩌겠습니까? 어떤이들은 너무도 다급한 나머지, 다급하게 문을 걸어 잠근 채, 군화를 신은 그대로 변기 위에 올라가 엉거주춤 쪼그리고 앉아서 변을 보았다는 게 아니겠습니까?

급한 용무를 마친 후에는 밑을 씻을 화장지가 문제였습니다. 화장지가 옆에 걸려 있었지만, 두루마리 화장지를 생전처음 본 군인들은 이것이 무엇에 쓰는 것인지 용도조차 모르니, 감히 손댈 엄두도 못 낸 것이었습니다. 주머니에서 꺼낸 것은 한국군에서 지급받은 신문지 두께의 종이 휴지였습니다. 이것으로 밑을 닦은 후, 변기통에 버리고 몰래 나오다가 미군에게 들켜서 혼이 났다는 이야기도 있었습니다.

미군 병사가 손가락으로 변기의 화장지를 가리키면서, 뭐라고 한참을 떠들어 대더니만, 화장지를 풀어 잘라 주면서, 좌변기 위의 군화 발자국을 닦아라, 좌변기 안에 종이를 건져서 휴지통에 버리라는 손짓을 열심히 하더랍니다. 물론 영어로 떠들어 대는 미군들의 모습도 이들에겐 희한한 모습으로만 비추어졌을 것입니다.

그런데 미군이 건네준 휴지로 구두 발자국을 지우고, 급한 김에 손으로 휴지를 건져 휴지통에 넣고 있는데, 갑자기 물이 '쏴아악' 내려가더니만, 방금 싼 변이 순식간에 물과 함께 내려가 버리는 그 모습이, 우리네 병사들은 그 얼마나 신기하였겠습니까?

아마도 요술 단지나 마술 항아리를 보는 것 같지 않았을까? 생각만 해도 웃음이 납니다. 물론 슬픈 이야기이기도 하겠지만 말입니다.

항해 2~3일째부터는 겨울 날씨에서 봄 날씨로 바뀌고, 파도 또한 엄청 심해져서 모두 하나같이 심한 멀미에 시달려야만 했습니다. 한 알씩 먹으라는 멀미 약을 몇 개씩 먹어도 봤지만, 어지럼증에 심한 구토는 정녕 멈춰지질 않았습니다. 파도가 잦아들기까지 이틀간은 식음을 전폐하고, 잠들기 전까지 오로지 비닐 봉투만 들고 다녔을 정도였답니다.

이런 와중에도 파도가 잦아들기 시작하자, 한편에서는 화투판이 벌어지고 있었습니다. 돈이 없으면 금반지가 오가기도 하는 그쪽 화투판의 전우들은, 아주 아수라장이었습니다. 당시 가기 싫은 전쟁터에 억지로 끌려나간다고 생각한 병사들은, 살아남기 좋은 안전하고 편한 부대에 배치를 받는 것이 소망이었습니다. 금반지나 현금을 가지고 있다가, 안전하고 편한 곳에 배정해 줄 수 있는 인사장교에게 부탁하면, 그것이 충분히 가능하다는 정보가 돌고 있었으니, 현금이나 금반지를 지참한 병사들이 상당수였답니다. 물론 나는 그런 정보를 전혀 모르고 있다가, 배 위에서 듣게 된 얘기지만 말입니다.

당시 군 부대에서의 부정이나 비리는 아주 공공연한 사실이었습니다. 내 친동생도 이곳 화투판에서 딴 금반지로 인사장교에게 청탁을 해서, 백마부대에서는 최고로 안전하고 제일 좋다는, 30연대 캄란항으로 보직을 받았었다고 하더군요. 경치 좋은 항구에서 엄청 편히 잘 지내다 왔다고 하는 것이었습니다.

그뿐 아니라 맹호부대로 간 내 친구 하나도, 한 돈의 금반지를 뇌물로 준 덕분에, 맹호사령부에 배치되고, 보직까지 잘 받아서, 편히 잘 있다가 왔다고 하니, 당시 비리가 얼마나 심각했는지를 짐작할 수 있을 것입니다. 어쨌든 이런 화투판에도 끼지 못하는 대부분의 병사들은, 갑판에 올라, 수백 수천씩 떼를 지어 3~40미터씩 날아오르는 날치들의 모습에 환성을 지르고, 유유자적하

는 고래의 모습에 탄성을 자아내며, 전쟁터에 다가가고 있다
는 불안감에서 헤어나, 잠시라도 청량감을 가져볼 수가 있었
습니다.

　출항할 때에는 2월 말경이라 겨울 군복을 입고 왔는데, 하루
이틀 지나자 잠바를 벗고, 속에 입은 내의마저 벗고, 그것도 모
자라 군복 상의 소맷자락을 걷어 올리기까지 하게 되었습니
다. 열대지방에 가까이 왔다는 것이 실감되었습니다.

　그렇게 6일간의 항해 끝에 드디어 베트남 현지 백마사단 본부
에 도착을 하게 되었습니다.

전쟁터 베트남에서의 새로운 군 생활

전쟁터에서의 또 다른 훈련

　백마사단사령부에 도착하고 보니, 전혀 생각하지도 않았던 지옥훈련이 또다시 우리를 기다리고 있었습니다.

　당시 우리는 정글이 우거진 열대지방의 무더위 속에서 2주간의 현지 훈련을 받아야 했습니다. 곧 닥쳐올 실전을 앞둔 훈련인지라, 피비린내 나는 전투에 대비해 육체의 고통으로 극복하는 정신훈련이 주목적이었습니다. 수시로 질러 대는 고함과 복창 소리에 목에서는 피가 날 지경이었고, 계속되는 포복에 무릎, 팔꿈치가 까지고, 멍들고, 심한 사람은 뱃가죽까지 모두 벗겨져 있었습니다. 정신줄이 풀리면 곧 죽음뿐이라는 악바리 근성을 키우고, 긴장감을 최고조로 끌어올리기 위한 유격훈련이었습니다. 담요 한장을 펴놓고 호각을 불면, 40명 일개 소대가 그 위로 올라가야 하는 악바리 독종 훈련도 계속 이어졌습니다.

담요에 못 올라간 훈련병들을 향해 조교들은 몽둥이로 사정없이 두들겨 패 댔으니, 먼저 올라간 사람 위로 다음 사람이 겹겹이 올라가는 훈련은, 글자 그대로 완전히 지옥 그 자체였던 것입니다.

그러던 어느 날, 야외훈련으로 이어지던 날이었습니다.

점심을 먹고 좀 쉬려는 시간이었는데, 백마 마크가 보이는 장갑차 몇대가 우리의 근처에 와서 쉬고 있었습니다.

베트남 전쟁 당시의 한국군의 장갑차

이 장갑차에서 내린 병사들은 우리가 신병인 것을 알고는 혹시나 자기들이 아는 신병은 없나 하고 둘러보다가, 그중에 한 병사가 내게 오더니 반갑게 나를 맞이해 주는 것이었습니다. 알고 보니 이 친구는 나와 철원 6사단 휴전선 근무를 같이 하다가, 5개월 전에 이곳 베트남으로 먼저 왔었는데, 나와는 동기뻘 되는 전우였습니다.

나를 보더니만 얼마나 반가워하는지 나도 모르게 눈시울이 뜨거워졌습니다.

이 친구는 나를 만나 너무 반갑다며, 장갑차 안에 사다 놓았던 바나나 큰 한 송이를 안겨 주는 것이었습니다.

"야 원호야! 너 여기서 이 바나나 아직 안 먹어 봤지? 이거

가지고 실컷 먹어 봐라!"

당시만 해도 이곳에 오기 전 고국에서, 바나나는 시중에서는 쉽게 살 수도 없는 아주 귀한 최고급 과일이었습니다. 지금처럼 수입되는 과일이 없었기에, 미8군에서나 조금씩 흘러나오는 정도라, 시중에서는 엄청 비싸게 팔렸습니다. 나도 바나나는 겨우 한 번밖에 먹어 보질 못한 터라 아주 반갑고 고맙게 받았습니다. 그렇게 받은 귀한 바나나였지만, 두개를 먹었더니 더 이상은 못 먹겠던 기억이 납니다.

그렇게 훈련을 마친 후 헬기를 타고 배치된 곳이 '혼바산' 자락 옆의 야산 꼭대기, 철조망 울타리가 다섯 겹으로 겹겹이 쳐진, 공수 기지 독립 중대였습니다. 그날 나와 같이 배속되어 온 병사는 나 외에 세 명이 더 있었습니다. 마지막 주둔 부대로 배치되어 왔기에 이제 끝난 줄만 알았던 훈련이, 또다시 며칠간 이어졌습니다.

기지 옆 작은 초원에서 우리 네 명의 실전 훈련이 다시 시작되었습니다.

첫날은 우선 수류탄 다섯 개를 옆에 놓아 주며, 안전핀을 뽑아 힘껏 모두 던지라는 것이었습니다. 헐! 논산훈련소처럼 앞에 두꺼운 시멘트 가림 벽이 있는 것도 아닌데, 혹시 작은 실수라도 한다면? 하는 생각에 순간 식은땀이 주르륵 흘렀습니다.

하지만 전쟁터의 필수 과정이라니까, 최고의 긴장감 속에서 이를 악물고 젖 먹던 힘까지 다해서 힘껏 멀리 던졌습니다. 한 두개 던지다 보니까 결국은 별거 아니게 느껴졌습니다. 하지만 쇳덩이로 만들어진 수류탄을 심히 긴장한 상태에서 얼마나 힘껏 던졌는지 어깨가 다 얼얼할 정도였습니다.

이후 연막탄 투척, 오성 신호탄, 조명탄, 크레모아, 다이너마이트 사용법에 이어 실탄 사격까지 거치며, 전쟁터에서의 실전에 무리가 없는 용사로 다시 우뚝 서게 되었답니다.

중대 본부 기지의 모습

중대 본부 기지에 대한 모든 것을 보여 드리도록 하겠습니다.

중대 본부의 지형과 환경은 열악하였습니다. 모든 보급품은 헬기가 운반해야 했고, 중대원들의 이동 수단도 주로 헬기였습니다. 중대 본부 기지의 모습을 헬기를 타고 하늘에서 보면, 산꼭대기 중앙에 관측탑 하나가 우뚝 솟아 있고, 탑을 중심으로 크게 원을 그리며 철조망 다섯 겹이 쳐져 있는 모습만 보이는 곳이었습니다. 그리고 맨 안쪽의 철조망을 둘러싸고, 적들의 침투에 대비한 방어용 벙커가 일정한 간격을 두고 형성되어 있었습니다.

그리고 벙커와 벙커 사이를 연결하는 교통 통로가 어깨 깊이로 다시 원을 그리듯 만들어져 있었습니다.

필자의 뒤편 위쪽으로 보이는 것이 당시 중대 본부 전체의 모습

자동화기 기관단총

　교통 통로와 진지 앞에는 전방 시야를 확보하기 위해, 철조
망 사이사이에 잡초 제거제, 고엽제 가루를 뿌리고, 밤에는 베
트콩의 기습을 방지하기 위해 가끔씩 불규칙하게 중대 비상을
걸기도 하였습니다. 이때는 조명탄 아래 소총과 기관총 등으
로 전면을 향해 무차별 사격을 가하곤 하였는데, 어두운 밤에
기관총을 몇백 발씩 난사하다 보면, 정말 엄청난 쾌감이 솟아
오르는 것이었습니다. 다섯 발에 한 발씩 야광탄이 빛을 발하
며 목표물을 향하는 모습이란 정말 장관이었습니다.

　지하 벙커에 만들어진 분대 단위의 막사에는, 열 명이 지낼
수 있는 나무로 된 침상이 놓여져 있고, 침상 머리쪽 뒤로는 사

물함과 진열장이 설치되어 있었습니다.

침상 건너 앞으로는 M16 소총과 실탄, 자동화기실탄, 수류탄, 다이너마이트와 도화선, 크레모아, 오성 신호탄, 연막탄, 방탄조끼, 완전 군장이 꾸려져 있는 배낭, 철모, 탄띠 등등 그야말로 전투용 장비들이 가득 진열되어 있었습니다.

처음 접하는 사람은 소름 끼칠 정도의 살벌함이 느껴질 정도의 그런 무기와 장비들이 늘 즐비하게 놓여 있었으니, 안전관리에 소홀함이 없어야겠다는 생각만 들었습니다. 참고로 이 중대 기지의 총 장병들의 숫자는 200여 명 정도이고, 중대원들이 생활하는 막사는 분대(열 명) 단위의 지하 벙커로 이루어져 있었습니다. 작전을 나갈 때 이외에는 거의가 분대 단위로 생활하였습니다.

작전이 없을 시

작전을 나갈 때는 언제나, 이름표나 계급장을 다 떼어 내는데, 적 저격수들은 지휘하는 자나 통신병을 먼저 겨누기 때문이라고 했습니다. 작전이 없을 때는 분대 단위로 중대 본부 주위를 교대로 탐색하러 나갑니다. 일단 분대 대원 열 명이 마을에 나서게 되면, 우선 한 바퀴 돌고 난 다음, 야자수 열매로 시원하게 목을 적

시기도 하고, 그 흔하디흔한 바나나나 열대 과일도 구입하고, 각자 자기가 마실 40도짜리 고량주를 수통에 가득 채워 오기도 하였습니다.

왼쪽 상단 부분에 보이는 중대 본부 기지
오른쪽이 필자. 왼쪽 상단 부분이 중대 본부 기지다.
허리에 둥근 수류탄과 깡통 같은 연막탄,
그리고 방독면과 탄창 및 뒤에 수통 등이 보인다.

평상시 이렇게 우리 따이한들이 지나가는 것을 보면 베트남 아이들은 우리에게 "따이한, 따이한." 하며 달려들어, 담배 한 개비 달라며 졸졸 따라다닙니다. 담배를 한 개비 주면, 어린애들도 어른들처럼 담배를 능숙하게 피우는 것이었습니다.

그 모습이 재미있어서 자꾸 주게 되는데, 우리나라 같으면 어린 녀석들이 어디 감히 어른 앞에서 담배를 피울 수나 있었겠습니까?

또 한국군이 뱀을 좋아한다는 소리를 듣고는, 예쁜 녹색의 독사를 산 채로 잡아 나뭇가지 끝에 매달아 흔들어 가며 다가오기도 하는데, 담배와 바꾸자는 것이었습니다. 담배 대여섯 개비만 주면 된다는 것이었습니다.

철모를 쓰고 필자의 총까지 멘 꼬마
녀석의 손가락에 끼워진 담배가 보인다.

그 독사는 몸보신한다며 구워서도 먹지만, 이것을 독한 고량주 담금 약술도 만들어 귀국할 때 가지고 가기도 하였습니다. 고량주가 담긴 병 속에, 공간을 충분히 남긴 상태에서 산 뱀을 거꾸로 집어넣으면, 뱀은 머리를 위쪽으로 쳐들어 자신의 죽음을 감지한 듯 온 힘을 다해 독을 쏟아 내는 것을 볼 수가 있습니다. 그러면 그 고량주 병 위 공간에는, 뿜어진 독이 뽀얀 담배 연기와도 같은 연막 모습으로 가득 차게 됩니다. 그래서 예로부터 뱀술은 한 잔씩만 마셔야 하고 잇몸이 상한 사람이 마시면 절대 안 된다는 말이 내려오게 된 듯합니다. 또는 이 녀석들이 개를 잡아서 끌고 오기도 하는데, 그건 담배 두갑이면 바꿀 수가 있었습니다. 베트남인들은 개를 기르기는 하지만, 개고기를 먹지 않아서, 길에 버려진 개도 가끔 보였습니다.

분대원들과 기지 주변을 탐색하던 중에 촬영한 사진

한번은 개를 잡아 먹자는 분대원들의 성화에, 담배 두 갑과 바꾼 개 한마리를 마대 자루에 담아 묶어 놓고, 한쪽에선 개를 그을릴 썩은 나뭇가지를 모아 불을 지피고, 또 한쪽에서는 된장을 풀어 물을 끓이고 있었습니다.

썩은 나무 마른 것에 불을 지피면 연기도 없고 화력도 아주 강합니다. 또 다른 한쪽에서는 마대 자루에 담긴 개를 나뭇가지에 매달아 죽을 때까지 마구 때려잡아 놓습니다. 꾼들의 말로는 그렇게 때려잡아야 고기가 연해지고 맛이 좋아진다고 하였기 때문입니다.

그렇게 때려죽인 개를 불에 그슬리려고 한 녀석이 마대를 풀었습니다. 바로 그 순간 죽은 줄만 알았던 그 개가, 기절했다가 깨어나서 걸음아 날 살리라며 줄행랑을 치는 것이 아닙니까! '헐!' 그날 우린 완전 닭 쫓던 개 지붕 쳐다보는 격이 되고 말았습니다.

아무튼 그런 식으로 잡은 개고기는 여러 덩이로 나누어, 바람이 잘 통하는 그늘에 오징어 말리듯, 꾸득꾸득 말린 후, 쭉쭉 찢어서 고량주 안주로 하면, 정말 기가 막힌 별미의 안주가 되었습니다.

야산 꼭대기에 위치한 기지이다 보니, 기지 생활 중에서 제일 큰 애로점은 물이었습니다. 마실 물도 헬기로 공수 받기 때문에, 샤워를 하려면 철조망 아래로 내려와, 계곡의 옹달샘 같은 곳을 찾아야 했습니다. 샤워를 하고 기지로 올라갈 때는, 물을 한통씩 담아 가서, 아침에 세면도 하고 청소용으로도 사용하였습니다.

하루는 샤워를 하고 돌아와서 저녁 식사를 하고 있는데, 옆에서 나보고 다리에서 피가 흐른다 하기에 바지를 걷어 보니, 거머리 한 마리가 매달려 있었습니다. 내 피를 얼마나 많이 빨아 먹었는지 엄지손가락보다도 굵어져 있는 것이었습니다.

그래서 옹달샘 웅덩이에서 샤워할 때는, 템포가 빠른 노래를 떼창으로 불러 가며, 트위스트 추듯이 온몸을 쉬지 않고 흔들어 가며 샤워를 해야 하는 이유가 바로 그것이었습니다.

당시 물통으로 사용되었던 포탄 통

솔이 엄마

고국에서의 군 생활도 그렇지만, 전쟁터에서 제일 갈망하는 것이 있다면, 아마도 그건 고국에서 보내오는 편지일 것입니다. 늘 향수에 젖어 사는 우리들에게, 고국에서 온 편지는 그 무엇보다도 목 빠지는 그리움이었습니다.

게다가 여자로부터 편지가 오기라도 하면, 자신의 편지가 아니더라도, 온 관심이 그 병사에게 집중 되었습니다. 그리고는 이내 그 병사에게 몰려들어 한바탕 난리를 칩니다. 누구냐? 사귄 지는 얼마나 됐느냐? 뽀뽀는 해 봤느냐? 잠자리도 해 봤냐? 어떻게 만나서 사귀게 되었느냐? 온갖 질문들이 쏟아집니다.

그렇게 편지에 목을 매는 우리네 병사들이다 보니, 중대 기지로 보급품을 실어 나르는 헬기 소리가 들리면, 제일 먼저 기대하는 것이 바로 편지였습니다.

"야, 빨리 가서 비둘기 왔나 봐라!"

이런 삭막한 군영에서 편지 왕래는 오아시스와도 같은 것이었는데, 고국의 아가씨와 서로 서신 왕래를 하는 사람은 사실 그리 많지 않았습니다.

그런데 나에게도 편지를 자주 보내 주는 소중한 여자 한 사람이 있었습니다.

한달이면 두세 번씩 편지를 보내 주는 솔이 엄마였습니다.

처음 그곳에 도착했을 때에는 전우들이 내 편지를 보고는, '결혼은 언제 했느냐?', '자식은 있느냐?' 하고 물어 왔었습니다. 내게 온 편지의 겉봉에는 늘 '솔이 엄마가 드림'이라는 발신자 이름이 적혀 있어서 오해를 불러 일으켰던 것입니다.

실은 그녀는 미지의 아가씨였는데 말입니다.

솔이 엄마는 내가 베트남으로 가기 몇 달 전, 나와 친한 친구가 자기 애인에게 부탁해서, 나에게 소개해 준 펜팔 친구 아가씨였습니다. 더욱 자세히 소개하자면, 인천에서 간호대학을 다니는 여학생이었습니다. 처음에는 서먹서먹한 사연들로 시작을 했었습니다.

하지만 내가 베트남 전선으로 온 후, 그녀에게서 첫 사연이 왔을 때 편지를 열어 보니, 그 안에는 은은한 향이 배어 있는 솔잎이 넣어져 왔었습니다. 고국에서는 흔하지만 베트남에서는 찾아볼 수 없는 것이니, 고국이 그리울 땐 솔 향기를 맡으라는 것이었습니다. 그녀에게 답장을 할 때에 '솔의 향을 잉태해 준 그대는 내게 솔이 엄마'라고 칭하여 답장을 보냈습니다. 그랬더니, 그 쪽에서도 재미있다는 듯 내게 편지를 써 보내올 때, 첫 문장에서부터 '솔이 아빠 보세요!'라고 적어 보내오기 시작했습니다.

그 이후부터는 자연스럽게 농담도 오가며, 오래된 친구같은 사이로 급격히 발전하는 계기가 되었습니다. 그러니 내게 오는 이런 편지를 보는 전우들은, 그러한 사연을 모르니 당연히 오해를 할 수밖에 없었던 것이었겠지요.

그 아가씨 부모님은 충청남도 서산에 계시고, 그녀는 인천으로 유학을 와서, 기숙사가 아닌 자취방을 얻어 학교를 다니고 있다는 것까지는 알고 있었습니다.

나는 그녀의 생김새를 전혀 모르지만, 그녀의 부탁으로 나는 고국에서부터 사진들을 몇 번 보내 준 터인지라, 그녀는 어느 정도는 내 모습을 알고 있었을 것입니다.

이러한 그녀가 내게 무척 기대가 되는 약속을 하나 하였습니다.

"제가 동태찌개를 아주 좋아하거든요, 그렇다 보니 엄마한테 배워서 이것 하나는 아주 맛있게 잘 끓이거든요, 그러니까 월남에서 귀국해 오시게 되면 제가 한번 맛있게 끓여 드릴께요."

글씨체가 아주 예쁜 데다가, 농담도 아주 재미있게 해 주는 이 솔이 엄마의 편지는, 늘 우리 분대에서 인기 톱이었습니다.

전투 현장으로의 투입

나의 첫 번째 매복 작전

내가 베트남 전선에 투입되어 처음으로 겪은 매복 작전이기도 하였지만, 유난히도 고생이 심하였기에, 크게 기억에 남는 우기철의 매복 작전 하나가 있습니다.

베트콩 이동에 대한 첩보를 접하고, 그 길목에 숨어서, 이동하는 적을 기습 공격하기 위한 5일간의 소대 매복 작전이었습니다.

매복 작전의 명을 받아 작전 지역으로 출발하는 날, 하늘은 잔뜩 흐렸습니다.

매복 작전은 언제나 저녁에 어둠이 내린 후에야 출발을 합니다. 아군의 노출을 감추기 위한 필수적 행동입니다. 목적지에 도착하면, 베트콩의 예상 이동로 앞에, 일직선으로 4인당 하나의 호를 구축하고, 그 위에 나뭇가지를 덮어 위장한 후, 정면에 크레모아 폭탄을 설치하는 것이 기본입니다.

그런 후에 아군들 간의 교신을 위해 가는 줄로 호와 호 사이를 서로 이어 줍니다.

두 번 당기는 신호는 '이상 없나?', '이상 없다!'이고, 비상이 걸리면 마구 흔드는 신호를 보냅니다. 밤에 혹 졸음이 와서 줄을 놓칠 수도 있으니까, 경계 보초자는 이 줄을 좌우 손목에 묶어 안전하게 신호를 주고받습니다. 그렇게 모두들 호를 완벽히 구축하고, 어둠이 짙게 깔린 깊은 밤이 되어서야, 야전 전투식량인 'C

레이션' 깡통을 꺼내서 먹을 수가 있습니다.

그날도 늦은 저녁을 순식간에 먹어 치운 후, 소리나 냄새 방지를 위해 흙을 담아 묻으려고 하는 그때, 갑자기 소나기가 쏟아지기 시작했습니다.

일반적으로 큰 작전 때는 나뭇가지를 잘라 판초 우의로 천막을 쳐서, 비를 피할 수 있습니다. 그러나 5일 매복 작전 같은 경우는 글자 그대로 숨어서 하는 작전이라, 적에게 노출될까 봐 그런 설치를 할 수가 없습니다. 그러니 비가 쏟아지면 비를 피할 대책이 처음부터 전혀 없습니다. 판초 우의를 입기는 하지만, 하루가 지나고, 이틀이 지나, 며칠째 옴짝달싹 못하고, 속수무책으로 쪼그려 앉아 있어야만 하니, 군복은 비에 잔뜩 젖어 온몸이 불어터지고, 물을 가득 머금은 군화 속의 발가락도 불어터지게 됩니다. 그런데도 군화 한번 벗어 보지도 못하고 지내노라니, 개미가 기어 다니며, 온몸을 물어뜯는 듯한 고통에, 발가락은 가렵고 따갑고 근질거리고, 그야말로 지옥이 따로 없습니다.

적이 수시로 출몰하는 전쟁터다 보니, 나 같은 골초가 그 놈의 담배마저도 하나 피울 수 없으니 정말 미칠 지경이었습니다. 지급되는 씹는 담배는 가지고 있지만, 오히려 갈질만 날 뿐, 차라리 이를 악물고 참는 게 더 나았습니다.

하루 이틀만 물에 젖어 있어도 온몸이 불어터져 참기 어려운

데, 이런 고통이 4박 5일 동안이라고 상상을 해 보신다면, 조금은 이해가 되시리라 믿습니다.

인간의 생명은 단 하나이기에, 이 단 하나뿐인 생명을 유지하려면, 어떠한 시련과 아픔도 감내해야 한다는 것을 새삼 느끼는 계기가 되었다고 봅니다.

이 우기철 매복 작전에서 전과는 없었지만, 유난히 고통스러웠던 그 악몽 같은 기억은 지금도 무엇보다 가장 먼저 떠올려집니다.

성마 72-1호 작전의 시작

작전 일자 1972. 8. 4 ~ 8. 16.

　다음은 내가 베트남 전쟁에서 참가했던 작전 중에서도 제일 크고 방대한 13일간의 작전이었습니다. 월맹군의 춘계 공세 이후, 베트남군 반격 작전에 보조를 맞추는, 철군을 앞둔 한국군의 마지막 사단급 작전이었습니다. 적의 정예부대를 섬멸하여 베트남 전쟁 참전 한국군의 사기를 진작시킨 큰 작전으로 기록된 전쟁이었습니다.

　한국군 참가 부대는 백마 28연대, 29연대, 30연대였으며, 적군은 월맹군 제5사단 예하 K-13대대, 제96대대 그리고 지방의 베트콩들이었습니다. 전과는 적 사살 637명, 포로 9명, 귀순 11명, 공용 화기가 16점, 개인화기 206정을 노획하였습니다.

단일 전투로는 베트남 파병 후 가장 큰 전과였다고 합니다. 그러나 아군의 손실도 전사 21명, 부상이 32명이나 되었던 큰 전투였습니다.

성마 작전 개시 첫날

투이호아 비행장으로 이동하여 내리는 오른쪽 필자의 모습

배낭 꾸림은 6일간 식량에 식수 네 통, 야전 삽, 판초 우의, 크레모아 한 발, 수류탄 네 발, 소총 실탄, 연막탄, 신호탄, 철모에 M16 소총 그리고 자동화기 실탄 등이었습니다. 모두 꾸려서 메고 일어나려면, 혼자서는 절대 일어나지도 못할 정도로 무거웠습니다.

투이호아 비행장에서 헬기 탑승 전
잠시 담배 한 대 피우는 여유

완전군장으로 투이호아 비행장까지 이동하니, 그곳에는 시
누크, 작전 헬기 등 수백 대가 우릴 기다리고 있었습니다. 영화
상에서나 볼 수 있는 이런 거대한 작전의 현장에 내가 와 있고
보니, 바로 이제부터 실전에 임하게 된다는 긴장과 기대감이
묘하게 교차하는 듯 하였습니다.

하지만 이런 분위기 속에서는 오히려 잡담과 농담이 최고의
진정제가 되었습니다. 딱히 교육받은 바도 없는 우리였건만,
별 뜻도 없는 실없는 얘기를 주고받으며, 우린 그렇게 실실 웃
으며, 기다리던 작전 헬기에 올라 탔습니다.

투이호아 비행장에서 작전 기념사진

헬기에 올라 탔을 때
왼쪽에 필자 모습이 보인다. 헬기 문은 완전 개방된 상태.
총을 거꾸로 한 이유는, 총구가 위로 향한 상태에서 오발 사고가 나면
위 프로펠러 기관에 맞아 헬기가 추락할 수도 있기 때문이다.

헬기에는 조종사 1명, 자동화기 사수 2명에, 개방된 양편 문쪽으로 각각 3명씩 6명, 총 9명이 탑니다. 양편 문쪽에 탄 6명은 흔히 엉덩이만 바닥에 걸치고 다리를 헬기 밖으로 늘어트리거나, 다리를 오므린 채로 타게 됩니다. 문도 없는 헬기 바닥에 걸터앉아서 공중으로 치솟아 오르다 보면, 처음에는 아래를 내려다볼 수 없을 만큼이나 엄청 겁이 나기도 했었습니다.

목적지에 이르게 되면 40여 킬로그램이 넘는 배낭을 메고, 2~3미터 높이로 떠있는 헬기에서 뛰어 내립니다. 이런 작전이

처음인 신참들은 당연히 겁을 먹을 수밖에 없습니다. 그러나 그렇게 엉거주춤 망설이는 병사가 있으면, 헬기의 자동화기 사수가 뒤에서 사정없이 발길로 차서 밀어 떨어트립니다. 그 래도 큰 사고가 없는걸 보면, 아마도 헬기의 프로펠러가 힘차 게 도니까, 그에 따라 약해진 중력 때문이 아닌가 하는 생각이 듭니다.

세계 2차 대전 때라면 아마도 공수부대원들이 수십 명씩 또 는 수백 명씩 수송기에서 공중 낙하를 하였겠지만, 베트남의 지형에서는 그보다는 이렇게 헬기 작전을 하는 것이 엄청 더 빠르고 효율적입니다.

작전 지역은 푸캇산 주 계곡, 일명 '죽음의 계곡'인데, 이곳은 프랑스군과 베트남군이 몰살당했던 곳이었습니다. 1966년 9월 맹호 6호 작전으로 큰 전과를 올린 곳입니다. 이곳에서 아군은 적 사살 1,161명, 포로 518명, 응용 화기 43정, 개인화기 454정, 수류탄 963발 외에 산더미 같은 다수의 군수품 노획의 전과를 올렸고, 아군의 피해는 전사 30명, 전상자 115명이었습니다. 이는 한국군의 우수성을 세계에 알리는 계기가 되기도 했습니다.

한편 1971년도 백마71-1호 작전에서는 이곳에서 아군 한 개 중대가 전멸을 하다시피 해, 피해가 엄청 컸던 곳이라 '수이까이 망망' 계곡, 일명 '죽음의 계곡'이라 불리게 된 것입니다.

위는 헬기에서 뛰어 내리는 모습,
아래는 산등성으로 오르는 모습

대부분의 작전에서는 아군들이 투입되기 직전에, 랜딩 목표지점에 아파치 무장 헬기가 4대 단위로 집중 포탄을 쏟아 붓고, 해당 지역을 평정시킨 후에, 작전 헬기를 투입합니다.

드디어 작전 첫날, 코브라 헬기의 집중 포화가 끝나자, 우리는 헬기에서 랜딩 후, 작열하는 태양열을 받으며 무거운 배낭을 지고, 산악 지형을 올라야 했습니다. 적의 급습으로 아군의 헬기가 추락되는 등 불행한 상황이 발생할 수도 있는 지역이라, 되도록 최대한 빨리 정상에 오르기 위해 무리한 진입이 이어졌습니다. 경사가 가파르고 험준한 관계로, 땀은 비 오듯 흐르고, 다리는 후들거리지만, 도중에 낙오되면 베트콩에게 사살 되거나 포로가 된다는 위기감으로, 이를 악물고 올라야 했습니다.

그러나 네다섯 시간이 지나면서부터는, 네발로 기는 사람들이 하나둘 늘어나기 시작했습니다. 물론 나도 엄청난 배낭의 무게와 험준한 산등성이, 그리고 작열하는 태양 볕을 도저히 이기지 못해, 결국은 무릎으로 기어오를 수밖에 없었습니다. 입대 전에 힘 좀 쓰다가 왔다는 몇몇 덩치들까지도 모두가 기진맥진이었습니다.

그때 마침, 오른쪽 위 2시 방향으로 적군의 습격으로 헬기 한 대가 추락하여, 시커먼 연기와 화염에 휩싸인 상태였기에, 긴장감은 최대로 증폭되었습니다. 네 발로 오르다가 힘들어 정신을 잃고, 입에 허연 거품을 물고 쓰러지는 사람들까지 생겨나기 시작했습니다.

어쩔 수 없이 행군을 멈추고 잠깐 쉬어가기로 하였는데, 이는 휴식보다 배낭의 무게를 줄이는 것이 더 큰 목적이었습니다. 우선 나누어 짊어진 자동화기 실탄 절반과 식량 절반 가까이를 땅에 묻어 버리고 나서야 다시 출발을 할 수가 있었습니다. 긴장과 심한 피로를 딛고, 드디어 작전 첫날 목적지에 도착하여, 기진맥진한 몸으로 호를 파고 진지를 구축하였습니다. 어둠이 짙게 드리워지자 야간 경계에 임하는 우리 병사들의 동공은 최대한으로 커졌습니다.

시간이 조금 더 흐르고 완전히 어둠이 깔린 후부터는, 여기저기서 반딧불이 하나둘 늘어나더니, 은하수처럼이나 하늘과 숲을 온통 뒤덮어 현란하게 날아다녔습니다. 생전 처음 겪어보는 정신 사나운 이러한 광경까지 겹쳐지니, 전쟁터에서의 미칠듯한 불안과 긴장감으로, 우리 모두는 날을 꼬박 지새우다시피 해야 했습니다.

이튿날도 또 그 이튿날 역시도, 이글거리는 태양 아래 산악과 정글을 헤집으며, 무거운 장비를 지고 행군하다 보니, 온몸은 비오듯 흐르는 땀으로 범벅이 되었습니다. 이 흐르는 땀을 식수로 보충하려다 보니, 그렇게 아끼고 또 아껴 가며, 조금씩만 마셨는데도, 작전 시작 3일여쯤부터 전우들의 식수는 점차 고갈되기 시작했습니다.

작전을 하다 보면 계곡이나 개울을 지나는 경우가 많아 식수 보충에는 걱정이 없었는데, 이번 작전은 월맹 정규군과 베트콩까지도 섬멸해야 하는 대형 작전인 데다가, 이곳이 악명높은 죽음의 계곡이었고, 더구나 우리 중대의 작전 진로에 계곡이 전혀 없었기 때문에 상황은 최악이 되었습니다.

재보급이 되려면 작전 5일째가 되어야 한다는 것은 모두가 너무나 잘 알기에, 수통의 남은 물을 신주처럼 모시고 참고 참으며, 아끼고 또 아꼈습니다. 아주 조금씩 목만 축였는데도 4일이 되면서부터는 물은 이미 다 떨어졌습니다.

애타는 갈증에 몸부림치며, 오직 물의 재보급일인 내일까지 하루만 참고 기다리면 된다는 희망을 가지고, 그날은 인내로 그렇게 버티었습니다.

갈증이 오죽했으면 우리 신병 하나가 "분대장님 제가 살아서 귀국하게 된다면 집을 강변에다 짓고 물을 원없이 실컷 마시며 살 겁니다!"라고까지 했겠습니까?

드디어 그렇게 기다리던 작전 5일째 되는 그날! 재보급 수령의 날, 여명이 밝아 왔습니다. 갈증에 애타는 우리는 날이 새기가 무섭게, 재보급품을 공수받을 초원 지대 약속 장소로 이동하여, 보급 헬기가 오기만을 기다렸습니다.

눈 빠지게 기다린다는 말이 이런 것인지 예전엔 정말 미처

몰랐습니다.

그렇게 헬기만을 기다리고 기다리며, 이쪽저쪽 하늘만 애타는 마음으로 주시하다 보니, 정말로 눈이 빠지는 것처럼 아파 오는 것이었습니다. 드디어 그렇게 눈 빠지게 기다리던 보급 헬기가, 우리들의 머리 위로 높이 떠올라 선회하고 있었습니다.

우리는 이젠 살았구나 하고 환호했습니다. 높이 떠 있는 헬기가 선회를 하더니, 약속 장소에 보급품을 하나둘씩 떨어트리기 시작했습니다.

우리가 그 얼마나 애타게 기다리던 순간이었던가!

보급 헬기들이 떠나기가 무섭게 그곳으로 달려들어, 낙하된 재보급품을 살피는 순간, 우리는 거의 경악에 가까운 실망과 함께 탄식에 빠졌습니다.

식수는 한 방울도 찾아볼 수가 없었던 것입니다.

아니, 세상에 이럴 수가!

이곳저곳에서 국지전의 전투가 심하고 헬기까지 격추되는 최악의 적진이라, 보급 헬기는 안전거리 이상 아주 높이 떠서 실탄과 식량만을 겨우 떨어뜨리고는, 물 보급은 없이 그냥 떠나 버린 것입니다. 그 높이에서는 식수를 전달할 방법이 없으니까 아예 식수 자체를 실어오지 않았다는 것입니다. 오~맙소사!

땀은 고사하고 침마저도 메마른
그날의 허기진, 그리고 허탈한 필자의 모습

식수가 고갈되자 땀은 고사하고 침도 제대로 나오질 않았습니다.

나중에는 타오르는 목구멍의 갈증을 침으로라도 축여 보려고 껌을 씹어도 봤지만, 껌마저 잘 녹지 않고 부서져 버리는 지경에까지 이르렀습니다.

아! 이젠 이 껌 하나 녹일 수 있는 침마저도 나오지 않다니! 정말 기가 막혔습니다. 메마른 껌에 묻혀진 그 아까운 침을 생각하니 배신감마저 들어 그냥 확 뱉어 버렸습니다.

허리에 찬 수통들을 하나둘씩 꺼내어, 행여 한 방울의 물이라도 남은 것이 있지 않을까 하고 뚜껑을 열어 입에 털어 보았습니다. 수통마저 바짝 마른 그 참담함이여!

빈 수통들을 꺼내어 단 한 방울의 남은 물이라도 입 안에 떨구어 보고 있는 필자
물이 없다면 수통에 밴 물 냄새라도 맡기 위해서였다.
당시의 그 향기롭고 환상적이었던 물 내음의 기억은 아직도 생생히 남아 있다.

5일 만에 본 찌든 소변 냄새

이런 와중에서도 실전 경험이 많은 선임 병사들은, 마지막
한 방울의 오줌이라도 받아서 먹어야 한다면서, 용기에 소변
을 받고 있었습니다.

당연 나도 소변을 받아 보니, 소주잔 하나 정도가 나왔습니다.

내 소변 임에도 불구하고, 커피 색깔에 가까운 탁한 빛깔의 소변은 마시는 건 고사하고, 냄새조차 맡기 어려울 정도로 지독하게 역겨웠습니다.

내 소변인데 어떠랴 하고 눈 딱 감고 마셔 보려 했지만, 그 역겨운 냄새에 도저히 마실 수가 없었습니다. 그래서 커피 가루 두 봉을 타 보았으나, 역한 냄새는 전혀 가시지를 않았습니다. 다시 설탕 두 봉을 더 타 봤지만, 그래도 역시 그 역한 냄새는 조금도 가실 줄을 몰랐습니다. 할 수 없이 코를 꽉 잡고, 눈 꽉 감고, '이건 마지막 나의 생명수다.'라고 생각하며 그냥 확 들이켰습니다.

일반인이라면 하루에도 여러 번 소변을 보는 것이 정상인데, 그러고 보니 우리는 작전 시작 5일째 되는 날에 소변을 처음 본 것이었습니다. 그간 농축된 소변이다 보니 그 탁하고 싯누런 색깔의 내 소변이 오죽했겠습니까?

하지만 우리의 생사 문제는 물이 없는 갈증에서 끝나는 것이 아니었습니다.

물을 마시지 못하다 보니, 식사를 전혀 할 수가 없었습니다. 아니 먹히지가 않았다는 말이 더 맞는 말일 것입니다. 갈증이 그리 심할 때는, 음식 냄새조차도 맡지 못하게 된다는 걸, 그때 알게 되었습니다. 후르츠칵테일 깡통 통조림 속의 국물을 마셔 보았지만, 이것마저 너무 달아서 금방 토하고 말았습니다.

전투식량 중, 단 한 가지 마실 수 있는 것이라고는, 작은 참치 통조림만 한 햄 통조림 속에 든 짜디짠 소금물뿐이었습니다. 그 깡통을 열어서 아주 작은 양이었지만, 짜디짠 그 물만이라도 쪽쪽— 끝까지, 단 한 방울까지, 다 빨아 먹었습니다. 물기가 없어질 때까지 말입니다.

이제 전우들 사이에서는 진담 어린 넋두리들이 여기저기서 터져 나오기 시작했습니다. "물과 바꿀 수만 있다면, 내 피 몇 컵이라도 뽑아 줄 텐데!"

"물 반 컵만 마실 수 있다면, 피 두 컵이라도 뽑아 준다니까."

목이 타 들어가는 병사들에게는, 총이고 계급이고 지휘관이고, 아무것도 보이는 것이 없어졌습니다. 오직 눈에 아른거리는 것은 물! 물 외에는 그 어느 것도 눈에 들어오는 것이 없었습니다. 이때 주위를 돌며 살펴보던 중, 이상한 열매가 보여, 얼씨구나 하고 맛을 보니 이건 엄청 쓰고, 시고, 도저히 먹을 수가 없는 것들이었습니다. 이거 참 야단났습니다.

처음 보는 열매를 먹고 있는 모습
이 열매를 찾았을 때는 환호를 했으나, 써서 절대 먹을 수 없었다.

입 안에 침이 나오질 않아, 입 속이 메말라 말조차 하기 힘들
다 보니, 오직 물 이외에는 보이는 것도, 들리는 것도 없었습니다.
눈을 뜨나 눈을 감으나, 모든 전우들의 머리 속에는 온통 물 생
각뿐이었습니다. 시간이 지나자 땅 바닥에 엎드려서 허우적거리
는 병사들이 하나둘씩 늘어나기 시작했습니다. 군복 상의는 벗겨
져 있었고, 총이고 철모는 내팽개쳐 버리고, 눈은 확 뒤집힌 채,
맨손으로 땅을 파헤치는 이상행동을 하는 병사들도 생겨나기 시
작했습니다. 15일 작전 중에 이제 겨우 5일째인데 이거 정말 큰
일이 났습니다.

저기 밑에 깊은 계곡으로 내려가면 분명 물이 있을 확률이 상당히 높다는 건 상식입니다. 하지만, 그곳에는 베트콩이나 월맹군의 습격이 예상되고, 부비트랩이 설치되어 있거나, 고인 물에 독약이라도 뿌렸을 가능성이 높다는 것이 문제였습니다.

월맹군이나 베트콩은 우리의 큰 작전 개시 정보를 기가 막히게 잘 알고 있기 때문이었습니다.

우리 대대급 이상 작전 시는 베트남 정부 관할 성과 베트남군 사단에 알리도록 되어 있기 때문에, 이번 우리 작전도 베트콩이나 월맹군이 사전에 알고 있다는 것이 정설입니다. 정보를 사고 파는 썩어 빠진 베트남 관료들이 판을 치는 세상이었으니까 말입니다.

그렇기 때문에 물을 찾아 깊은 계곡으로 진입한다는 것은 그리 간단한 문제가 아니었던 것입니다.

특공대를 조직하다

특공대에 합류하다

이렇게 비상사태에 빠지자 중대장이 소대장들을 소집하여 긴급회의를 열었습니다.

결론은, 이래 죽으나 저래 죽으나 마찬가지라면, 차라리 물이라도 찾아보다가 죽는 게 더 낫겠다는 것이었습니다. 이런 결론에 이르자, 한 소대에서 열 명씩 가장 멀쩡한 녀석들로 특공대를 선발하기로 했습니다. 물론 나도 분대장으로서 당연 특공대에 편입이 되었습니다. 특공대의 배낭에는 빈 수통으로 가득 채워졌고, 우리는 완전군장으로 계곡을 향했습니다. 잠시 전까지만 해도 맥이 잔뜩 풀린 눈동자에, 연체동물처럼 흐느적거리던 이들도 생명의 물을 찾아 나선다는 희망이 보이자, 언제 그랬냐는 듯이 얼굴에는 미소를 띠고 활기까지 보였습니다. 죽음 앞에 선 절망 속에서, 삶의 희망을 접하는 것이 이렇게 큰 전환점을 만들어 낸다는 사실에, 스스로도 놀라지 않을 수가 없었습니다.

우리 모두에게는 생명수를 찾아 가다가, 생명을 잃어버릴 수도 있다는 부정적 현실은 조금도 염두에 두지 않았습니다. 다만 생명수를 찾으러 간다는 긍정적 사고만 머리 속에 가득 차, 모두가 가슴마저 설레고 있었습니다. 출발 전에 누누이 그리고 강력하게 내린 작전 지시는 다음과 같았습니다.

"절대 서두르지 말고 천천히, 아주 천천히 전진하되, 적이나 부비트랩을 항시 경계하고, 계곡에 이르렀을 때엔, 우선 짝수 일 개 조는 경계를 서고, 다른 홀수 1개 조가 물을 수통에 담는다, 그런 후에 교대한다!"

"물은 절대 그냥 마시지 말고, 반듯이 해독제를 탄 후, 5분 후에 마셔야 한다!"

이렇게 안전 수칙을 단단히 숙지하고, 물을 찾아 마의 계곡으로 들어가는 우리 전우들의 머리 속은 오아시스를 찾아간다는 환상으로 온통 가득 찼습니다. 갈증 따위는 잠시나마 까마득히 잊을 수가 있었고, 머지 않아 물을 마실 수 있다고 생각하니, 걸음걸이 마저도 가벼워지고, 점점 빨라지기 시작했습니다.

숨죽이며 부릅뜬 눈으로 정글을 헤치고 헤쳐, 드디어 우리는 계곡 가까이에 이르렀습니다. 순간! 앞서가던 첨병이 소리쳤습니다.

"야, 물이다—!"

그러고는 뛰어나가는 것이 아니겠습니까?

당시는 누가 말릴 수 있는 그런 상황이 아니었습니다. 이 세상에서 제일 갈구하고, 마시고 싶고, 설사 마시다 죽더라도, 마시고 봐야겠다는 엄청난 갈망들을 감히 누가 통제하겠습니까? 그 전우가 뛰쳐나가는 그 방향을 따라, 완전 반사적으로 너도나도 함께 뛰는 우리 모두는, 오합지졸이 되어 버렸습니다. 당연히 짝수 일개 조는 경계를 서야 함에도, 그런 건 잊어버린 지가 까마득한 옛날! 아니 물을 보는 순간부터 그런 건 기억에서 완전히 지워져 버린 모양이었습니다.

우리 눈앞에는 15~20미터 정도 길이로 고인 물이 펼쳐져 있었습니다.

아! 그 얼마나 그리웠던 물이던가! 모두가 물을 확인하는 순간, 이미 우린 물의 환희 속에 빠져 들어가 있었습니다. 사막에서 오아시스를 만났다면 이랬을까?

사막에서 오아시스를 만난 경험은 없지만, 분명히 우린 그것보다 백배 아니 천배, 만배 이상 반가웠을 것입니다.

이 생명수를 보자마자 우리에게는 경계의 중요성이건, 해독

제의 필요성이건, 그런 거 다 안중에도 없었습니다. 주의사항
은 완전히 까마득히 잊어버렸던 것입니다.

아니 침샘마저 메말라, 북어보다 더 건조한 입 안의 고통에
시달리고 있는데, 생명수를 발견한 순간, 다른 그 무엇을 생각
할 겨를이 있었겠습니까?

오직 이것이 꿈인지 생시인지 '비몽사몽非夢似夢'의 상태가 되
어 버린 것 같았습니다.

우선 땀으로 찌든 철모를 벗어, 물을 가득 채워서 정신없이
한참을 들이켰습니다. 내가 이 세상에 태어나서 이렇게 맛있
게 먹었던 것이 있었던가?

그 물을 처음 마시던 그 순간은 바로 천국에서의 향연, 그 자
체였다고 할 수 있었을 것입니다.

그런데 아뿔싸! 입 안에선 썩은 듯한 쾨쾨한 냄새가 느껴지는가 싶더니, 목구멍에서는 작은 곤충들이 수없이 기어 나오기 시작했습니다. 아차, 싶어서 주위를 돌아보니, 우중충한 습지에 해골 같아 보이는 뼈들 까지도 여기저기 보이는 게 아니겠습니까. 원효대사가 마셨다는 그 해골에 고인 물은 그래도 이보다는 엄청 맑고 깨끗한 물이 아니었을까요?

그래도 다행이었습니다. 만약 거기 고인 그 물에 베트콩들이 독약이라도 탔었더라면, 우리들은 모두 귀국은 고사하고, 영락없이 그때 바로 황천길을 갔을 것입니다.

갈증을 해소하고 난 이후의 식사
그야말로 천상 천하 제일의 꿀맛이었다.

더러운 물이었지만, 어쨌든 우리는 갈증을 충분히 해소할 수 있었습니다. 물론 우리들의 배 속에서는 한동안 곤충과 벌레들이 출구를 찾으려 헤매지 않았을까 하는 생각이 듭니다. 그 혼탁한 물이지만 수통에 가득가득 채워서, 전우들이 고대하고 기다리는 진지로 무사히 돌아올 수가 있었습니다. 탈수에 지쳐 거의 아사 직전에 있던 전우들은 우리가 돌아오자 환호성을 올렸습니다. 가져온 물들을 그들도 우리들처럼 그렇게 허겁지겁 마셔 댄 한참 후에야, 남은 물에 해독제도 타고, C씨레이션 곽 속에 들어 있는 휴지로, 벌레들을 걸러 낼 수 있었습니다.

이렇게 무사히 특공 물 작전을 끝내고, 다음 작전 지역으로 들어갔습니다.
작전이 절반을 넘어 갈 때쯤, 아주 맑고 쾌청한 그런 어느 날, 오전 11시경!

부상병을 후송하는 모습

행군 중에 느닷없이, 머리 위로 총알 날아가는 소리가 소낙비 쏟아지듯 정신없이 들리기 시작하였습니다. 우리들 몸은 반사적으로 엎드려지고, 은폐 엄폐물을 찾아 전투태세에 돌입을 하게 되었습니다. 총알 날아오는 소리는 계속 나는데, 도대체가 적이 어디에 있는지 보이지가 않았습니다. 적이 있을 만한 정면을 향해 M16 소총으로 한참을 무작정 집중사격을 가했습니다. 적 쪽에서 내 머리 위로 날아드는 소름 끼치는 총알 소리는 '탕탕 탕' 소리가 아닙니다.

그 총알들이 내 위로 날아가며 '피우웅― 핑핑' 소리를 내는 것을 듣고 있노라니, 꼭 간이 꽁꽁 얼어붙는 기분이었습니다.

적과의 교전이 인근 아군들과는 더욱 치열하게 전개되었던 것 같습니다. 포탄 터지는 소리도 많이 들리고 있었습니다. 어느덧 시간이 흐르고 조용해지자, 우리는 부상병과 전사자들을 후송시키기 위해, 헬기가 착륙하기 좋은 초원지역으로 이동하여 경계태세를 갖추었습니다. 이윽고 헬기가 도착했지만, 우리 소대원들이 실려 가는 일 자체는 없었으니, 우리는 그나마 운이 좋았다고 할 수 있을 것입니다.

작전 종료 일자가 가까웠을 무렵, 마지막 작전 지역은, 근래에 푸캇산으로 침투되어 구축된 적군 월맹 군 제5사단 예하 K-13대대, 제96대대와 지방의 베트콩들의 본거지가 있는 곳이었습니다. 우리는 그곳으로 이동을 하고 있던 것이었습니다.

적 본거지에 팬텀기 공습 폭격

대공 포판을 깔다

우리 분대의 진지를 구축하기 위해서 교대로 호를 파고 있는 모습
물을 아껴 마신다고 수통 뚜껑에 물을 따르고 있는 필자의 모습이 뒤쪽으로 보인다.

우리는 적의 근거지 맞은쪽 산등성이까지 다다랐습니다. 그러고는 곧바로 그 정상부근에 진지 구축 작업을 하기 시작하였습니다.

호가 구축 됐음을 본부에 알리기 직전에, 대공 포판도 깔았습니다.

보통 작전에서 사용하는 대공 포판이라 함은, 병사의 등에 휘어 감는 붉은색의 천을 말합니다. 아군 헬기나 공격 헬기 등이 공중 사격이나 포탄을 발사할 때, 아군을 구별하기 위한 표시입니다. 그러나 그날의 대공포 판은 엄청 큰 것을 사용했습니다. 앞쪽 산의 월맹군과 베트콩 본부 소굴을 일망타진하기 위해, 당시 최고의 성능을 자랑하던 팬텀기의 폭격이 예정되어 있었기 때문입니다.

우리는 크기가 가로 5미터, 세로 5미터쯤 되는 붉은색 천으로 된, 대형 대공 포판을 깔았습니다.

대공포 판의 설치가 끝냈음을 본부에 알리고 얼마가 지났을까? 하늘 높이 한 대의 정찰기가 선회를 하더니, 잠시 후에 팬텀기 네 대가 한대씩 교대로 월맹군 진지를 향해 내리 꽂히며 엄청난 화력을 발사했습니다.

팬텀기에서 폭격을 하는 모습

펜텀기 폭격의 엄청난 위력을 필자의 눈으로 직접 확인하는 순간

이제 끝났나 싶었는데, 곧바로 네 대가 다시 오더니, 너무도 정확히 그 자리에 폭격을 또 한 번씩 가하고는 사라졌습니다. 그곳이 월맹 정규군 K13대대와 푸엔성 베트콩 본부 위원회가 위치한 적군 236기지였던 것입니다.

적들의 중요한 거점 기지를 폭격하여 완전히 파괴하고 있는 역사적 감동의 순간이었습니다.

난생 처음 팬텀기가 내리꽂으며 폭탄을 발사하며, 다시 90도 각도로 수직상승하는 그 폭격 장면을 직접 앞에서 봤을 때, 그 통쾌감! 전쟁터에서의 그 자체가 하나의 장엄한 예술인 듯도 싶었습니다. 엄청 감탄스러웠기에 지금까지도 그 장면이 눈에 선하게 떠오릅니다. 그 폭격 이후, 적과의 별다른 교전이나 사고 없이 작전이 종결되어 무사히 복귀할 수 있었습니다.

작전이 무사히 종료된 순간
필자가 살아 남았다는 기쁨의 표현이 아닐까.

작전이 끝나고 무사히 귀환하는 모습
맨 앞에 내리는 병사가 필자다.

100일 잔치의 추억

4인의 전입 동기

내가 부산 3부두를 떠나 이곳 베트남 전선에 온 지도 어느덧 100일이 다가오고 있었습니다. 백마사령부에서 이곳 중대로 같이 배치된 병사가 나까지 네 명이었습니다.

어느 날 그들 세 명이 내게 왔습니다. "이곳 베트남 전선으로 전입 온 지 100일이 돌아오는데 백일 잔치는 어떻게 하실 것이냐?" 하고 묻는 것이었습니다.

그래서 나는 "이곳 월남에서 단 한 번밖에 없는 뜻 깊은 날인데, 어찌 헛되이 보낼 수가 있겠나." 하며, 중대 본부에 있는 김 상병에게, 양주와 맥주를 준비해 놓으라고 시켜놓고, 백일 째 되는 날, 점호가 끝나는 시간인 저녁 9시에, 우리 소대 지하 대피소 벙커에서 모이기로 했습니다.

이곳 베트남 전쟁에 참전한 장병들의 속설에 의하면, 전입 백일까지가 제일 몸조심해야 할 시기이고, 그다음은 귀국 한 달 전에 몸조심을 잘 하면 된다는 것이었습니다. 대부분 그때를 잘못 넘겨, 불행한 일들을 항상 많이 겪는다고 하였습니다.

바로 우리가 전입 백일을 꼭 자축하려고 준비하는 이유였던 것입니다.

드디어 백일째 되는 날 저녁 9시에 지하 벙커로 갔더니, 나 이외에 세 명이 이미 기다리고 있었습니다. 혈기왕성한 젊은 병사들이 술 앞에 앉아 있으니, 주고받는 이야기들이야 불 보듯 뻔한 것 아니겠습니까? 앉아서 부어라 마셔라 하며 으레 나오는 얘기가 아가씨들 얘기였습니다. 오음리 술집 아가씨들을 시작으로 해서, 애인 또는 펜팔 하는 아가씨들 얘기들로 희희낙락하며 즐거운 시간을 가졌습니다.

별다른 내용없는 이야기꽃을 피우며, 그렇게 한참을 마시다가, 두 사람은 술이 취했다며 돌아가고, 중대 본부에 근무하는 김 상병과 나만 남아서, 남은 술을 거의 다 마시고 각자 헤어졌습니다.

그렇게 돌아와 한참을 자고 있는데, 우리 분대원 한사람이 나를 마구 흔들어 깨우는 게 아니겠습니까? 일어나 보니 아침 7시경이었고, 분대원들 모두가 보이질 않았습니다. 나를 깨운 분대원의 말에 의하면, 간밤에 중대장이 갑자기 비상을 걸어 각 참호 속의 인원을 점검해 보니, 두 사람이 결원인 것을 발견하고는 노발대발하였다는 것이었습니다. 그 책임을 물어 우리 소대장과 선임하사가 중대장에게 조인트를 맞았다는 것이 아니겠습니까? 그 결원된 두 사람 중에 한 사람은 물론 나이고, 또 한 사람은 중대 본부 김 상병인데, 이 김 상병이 나와 헤어져 돌아가다가, 교통호에 빠져서 못 나오고, 그 교통호 속에서 그대로 잠들어 버렸는데, 중대장이 야간 순시 중에 그걸 목격해 버린 것이었습니다. 중대장이 얼마나 화가 났을지 충분히 이해가 갔습니다.

그런데 내게 문제였던 것은, 간밤에 비상이 걸렸을 당시, 우리 분대원들이 나를 깨웠는데, 내가 일어나 앉아 있기에, 곧 따라 나올 줄 알고, 모두들 급하게 그냥 출동을 하였다는 것이었습니다. 부대원들이 자는 사이에, 나는 늦게 들어와서 잠들었으니, 내가 얼마나 취했던지를 부대원들은 전혀 알지 못했던 것입니다.

허, 참! 하필이면 다른 날 다 놔두고 어젯밤에 비상을 걸었다는 말인가?

옛말에 못된 것은 조상 탓 한다더니, 내가 혼잣말로 투덜거리는 작은 목소리를 옆에 있던 놈이 어찌 들었는지 이렇게 말하는 것이었습니다.

"어젯밤에 중대장이 교통호를 통해 야간 순찰을 돌고 있는 도중에, 갑자기 발에 걸리는 뭔가가 있어서 보니까, 중대 본부에서 근무하는 김 상병이였기에 사고가 난 줄 알고 크게 놀랐답니다. 그런데 알고 보니 술이 곤드레만드레 엄청 취해서 쓰러져 자는 것을 보고는 즉시 비상을 건 것이라고 하던데요."

이 말을 듣고 보니, 나의 작태가 너무도 한심스럽게 느껴졌습니다. 허긴, 그 김 상병만 교통호에 빠지지 않고 잘 들어가 잤었더라면, 아무 일도 없었을 것을. 쯧쯔!

이 일로 조인트까지 맞은 소대장과 선임하사가 그냥 넘어갈 리가 없었던 것입니다.

소대장은 선임하사에게 책임을 물었고, 선임하사는 다시 나에게 책임을 물으려고 소대원 전체를 집합시켜서, 엎드려 뻗쳐를 시킨 채로 내가 나오기를 기다리고 있다는 것이었습니다. 내가 안 나오면 나올 때까지 부대원 모두가 엎드려 뻗쳐 한 상태 그대로, 계속 기다린다고 선임하사가 내게 전달하라고 했다는 것이었습니다.

'맞다, 정말 맞아! 내가 실수를 해도 이건 너무 큰 실수를 했구나.' 하는 생각에 이르자 참으로 난감해졌습니다.

'이런 분위기에서 내가 지금 나간다면, 아마도 내 엉덩이가 분명히 으스러질텐데…이를 어쩐다? 그렇다고 안 나가고 계속 버틸 수만도 없는 노릇이 아닌가? 어쨌거나 이 일은 내가 잘못해서 일어난 일이니, 이에 따른 처벌을 달게 받을 수밖에 없겠지, 소대원들이 무슨 죄가 있다고 나 대신 벌을 받는다는 말인가?'

생각이 여기에 이르자 소대원 집합 장소로 갔습니다.

나가자마자, 제일 먼저 내 눈에 띄는 것은 핏발이 서린 선임하사의 눈과 손에 들려 있는 곡괭이 자루였습니다.

그는 나를 보자마자 하는 말이 "네 사람 중에서 제일 선임이고 분대장이란자가 사고를 막지는 못할망정, 오히려 이런 사고를 저지른단 말인가? 군기를 바로 세우기 위해선 어쩔 수 없네. 이 병장이 나한테 50대만 맞아야 하겠다, 알겠나? 엎드려 뻗쳐!"

까만 얼굴에 더욱 검붉어진 얼굴로 핏대를 올리며, 선임하사가 내게 소리를 지르는데, 내가 별 반응이 없자 그는 다시 목청을 높였습니다.

"네가 다 맞을 때까지는 소대원이 못 일어나니까 알아서 해!"

그러자 내가 이어서 말을 했습니다.

"선임하사님, 제가 잘못한 것은 분명 맞습니다, 정말 잘못했습니다, 정말 면목 없습니다. 그러니 저를 사단 영창에 보내 주십시오, 응당한 죗값을 치르겠습니다."

이 말을 들은 선임하사는 상상 밖의 나의 말에 너무도 황당하다는 듯이 잠시 내 얼굴을 빤히 잠시 쳐다보더니, 이내 코웃음을 치며, "말도 안 되는 소리 그만하고 엎드려 뻗쳐! 나는 그렇게 못 해!"

그러자 내가 다시 말했습니다.

"나는 50대를 맞으면 분명 후송 가야 합니다, 그럴 바에야 차라리 영창 가겠다는 겁니다, 잘못은 제게 있는데 왜 죄 없는 소대원들을 벌 주시는 겁니까? 이제 이 전우들은 풀어 주시고, 제가 저의 죄를 인정하니까, 어서 영창으로 보내주십시오, 그럼 되는 것 아닙니까?"

내가 이렇게 막무가내로 나가니까, 나의 이런 예견치 못한 황당한 행동이 선임하사의 머리를 복잡하게 만든 것 같았습니다.

이때는 군의 규율을 무식한 자들의 구타나 일명 '빠따'로 군기를 잡기도 했었던 시절이었기는 하지만 지금 나처럼 "죄가 있으면 영창으로 보내 달라." 하고 오히려 대든다면 곤혹스러운 건 사실이지요. 내가 영창을 가게 되면 나야 10일이나 길어야 15일이지만 군 생활이 직업인 우리 중대장은 상급부대장에게 무능함의 치부를 드러내 보이는 꼴이 되겠지요.

이내 선임하사가 내게 타협적 언사로 다시 말했습니다.

"그럼 좋다. 영창은 안 되니까 딱 30대만 맞자."

이쯤 되자 엎드려 있는 소대원들에게 너무도 미안한 마음이 들어 이내 내가 남자답게 결론을 내렸습니다.

"그럼 좋습니다, 저는 딱 20대만 맞겠습니다." 하였더니, 그렇다면 어쩔 수 없다는 듯, 선임하사가 "좋다, 그럼 엎드려."

그래, 좋다! 내가 저지른 잘못에 비하면 까짓 빠따 20대쯤이야 못 맞겠냐 싶어 얼른 남자답게 엎드렸더니, 그제야 엎드려 뻗치고 있던 소대원들을 풀어 주는 것이었습니다. 내가 잘못이 없이 매를 맞는다면 모르지만, 분명 큰 잘못을 저질렀으니 달게 맞자! 그런 편한 마음으로 맞을 준비가 끝나자, 선임하사가 "하나!" 하면 "하나!" 하고, "둘!" 하면 "둘!" 하고 복창을 하라고 했습니다. 그래서 그렇게 대여섯 대를 맞고 나서 부터는 엉덩이가 감각을 잃어버렸는지 아픈 것도 잘 느껴지지 않았습니다.

내가 꿋꿋하게 잘 맞아 주고 있다 보니, 선임하사도 화가 풀렸는지, 열두 대 까지만 때리고는 "이제 됐다, 일어나!" 하였습니다.

그렇게 맞고 나니, 궁뎅이는 아프지만, 마음은 홀가분해 지는 거였습니다. 아마도 내가 저지른 바보 같은 짓에 대한 죄값을 달게 받고, 훌훌 털어 낸 기분에서 였었던가 봅니다,

술을 마셔도 적당히 마셔야지, 그것도 군대 전쟁터에서 말입니다.

백일 잔치의 기억은 나의 철없는 행동과 그로 인해 시뻘게진 엉덩이의 서글픈 모습으로 막을 내리게 되었습니다!

전입병의 반란

전입병의 신고

크고 작은 작전이 이어지는 가운데, 우리 분대에서는 두 명이 만기 귀국을 하고, 2일 만에 다시 두 명의 보충병이 전입하여 왔습니다.

저녁을 먹고 저녁 점호도 일찍 끝난 오후 7시경이 되어 저녁 노을이 짙게 깔릴 즈음 이 두 명의 전입병을 인수받아 우리 분대 막사로 인솔해 왔습니다. 모두가 이들을 관심 있게 쳐다보는 가운데, 나는 분대원들을 침상 앞에 점호 대형으로 집합을 시켜 앉혔습니다. 전입 신병들을 환영하는 자리를 만든 것입니다.

한 병사는 박 상병이었고 또 한 병사는 최 일병이었습니다.

우선 이 두 사람들의 전입을 축하하는 뜻으로 환영의 큰 박수를 유도한 다음, 자기소개하는 방법을 이들에게 주지시켰습니다.

"내가 호명하면 일어서서 큰 목소리로 관등성명과 입대 년월 일, 그리고 고국에서 근무하던 부대, 그다음 고향 가족관계, 결혼 관계, 애인 유무 등을 분대원 모두의 귀에 팍팍 꽂히게 크게 말한다, 그럼 최 일병부터 일어나 신고하게!"

경상도 악센트가 무척이나 강했던 최 일병의 신고가 끝나자 우뢰와 같은 박수가 터져 나왔습니다.

"그래 여기까지 오느라고 수고가 많았다! 다음은 박 상병!"

박 상병도 일어나 신고식에 가까운 자기소개가 시작되었습니다.

그런데 이 녀석 생긴 것도 유난히, 지나칠 정도로 까아만 얼굴에 우락부락하게 생긴 녀석인데, 신고식을 하는 자세 자체가 아주 마음에 안 들었습니다.

"잠깐 박 상병! 전입병으로 왔으면 신고를 제대로 해야지 자네 태도가 그게 뭔가? 다시 차렷 자세로, 그리고 큰 소리로 또박또박 모두가 잘 알아듣게 하란 말일세, 알았나? 그럼 처음부터 다시 시작한다. 시작!"

어허! 이 친구 내가 하는 말이 아주 아니꼽다는 표정으로 잠시 나를 쳐다보고는, 할 수 없다는 듯, 다시 자기소개를 하는 모습이나 말투가 너무 건들거렸습니다. 영화에서나 있을 법한 조폭들 폼과 흡사했습니다.

내 옆에 서있던 부분대장 길 병장이 이 모습을 지켜 보다가 순간 나와 눈이 마주쳤습니다. 이어서 날 보고 밖에서 할 애기가 있다는 듯 머리를 오른쪽으로 까딱 돌리는 고갯짓을 하는 것이 아니겠습니까?

이심전심, 이 길 병장과 나는 아주 가까운 친구 같은 전우였었습니다.

부분대장 길 병장은 서울 신당동 토박이로서, 부친은 종로5가에서 종오다방을 하신다고도 들었습니다. 나보다는 3일이나 군 입대를 먼저 하였는데, 수용연대에서 치과 치료를 4일간 하다가 논산훈련소로 늦게 입소하였기에, 나보다는 딱 하루의 군번이 늦어서 부분대장이 되었던 친구입니다.

젊은 나이에 대머리가 훌러덩 엄청 벗겨진 이 친구는, 중고생 때부터 꼴통 노릇 좀 했다는, 속된 말로 껌 좀 씹었다는, 아주 재미있는 친구였습니다.

이 길 병장의 눈짓에 따라 잠시 분대 막사를 나왔습니다.

길 병장이 강한 어조로 말하더군요.

"어이 이 병장! 저 자식 하는 꼴을 보니 그대로 놔두면 앞으로 골치 아파질 거 같아! 그러니까 처음부터 아주 본때를 보여 주자고, 알았지?"

길 병장의 이 말이 떨어지기 무섭게 나는 고개를 끄덕이면서 막사로 들어가 소리쳤습니다.

"분대! 지하 대피호로 전원 집합!"

저녁노을이 짙게 깔린 후 땅거미가 마악 내려앉을 즈음, 적의 포탄을 피하기 위해 만든 지하 벙커로 들어가니 어둠이 안개처럼 깔려 있었습니다.

일렬 횡대로 나와 길 병장을 뺀 여덟 명이 늘어섰습니다.

전입병의 반항

내가 들어서면서 구석에 있는 몽둥이를 집어 들자, 모두들 긴장하는 모습이었습니다. 이 몽둥이를 옆에 길 병장에게 건네주고는 이내 소리를 질렀습니다.

"전원 엎드려 뻗쳐!"

그리고는 그 상태에서 박 상병을 일어나라고 한 다음, 내가 다시 박 상병에게 물었습니다.

"박 상병! 여기가 어디인지는 알고 왔겠지?"

조금을 망설이던 박 상병이 결심이 섰다는 듯 말을 했습니다.

"내가 원래 선임들과 많이 싸우다가 두 번이나 사단 영창까지 다녀왔습니다. 그래서 그런 놈들과 싸우기 싫어서 여기 월 남으로 지원했습니다. 죽어도 좋으니까 총이나 실컷 쏴 보려 고 말이지요. 그러니까 제발 저 좀 내버려 두시면 안 됩니까?"

어허! 이거 듣고 있다 보니 정말 기가 막힌 노릇이 아니겠습 니까?

이내 잠시 생각을 끝낸 내가 다시 엎드려 있는 분대원들에게 다시 소리 쳤습니다.

"분대 일어섯! 박 상병만 그대로 있고 분대 모두 문 안쪽에 일렬 횡대 다시 집합!"

그러는 사이 억! 하는 소리가 있어서 돌아보니, '어디 할 테 면 해 봐라' 하는 박 상병의 자세에 화가 난 길 병장의 몽둥이 가 사정없이 박 상병의 배때기를 찔러 댄 것이었습니다. 억! 하며 구부러진 자세의 박 상병 다리를 길 병장이 걷어차니, 박 상병은 그대로 뒤로 자빠졌습니다. 발길로 허벅지를 사정없이 걷어차며 몽둥이도 같이 춤을 추었습니다. 너무 지나치다 싶 어서 길 병장을 저지시키고 나서, 박 상병을 일어나게 한 후, 내가 다시 물었습니다.

"잠시 시간을 줄 테니 하고 싶은 얘기가 있으면 더 해 보시 게. 하지만 여긴 군대라는 걸 알아야 하네!"

그러자 박 상병 이 친구 하는 말!

"이 개 같은 세상 살기도 싫으니까 여기서 날 죽이쇼. 만일 지금 날 못 죽이면 여기 모두 다 쏴 죽여 버릴 테니까 어서 죽이라고, 어서 죽이란 말이야!"

이 말이 떨어지기가 무섭게 다시 길 병장의 몽둥이가 춤을 추었습니다.

쓰러진 박 상병을 일으켜 세워 멱살을 잡은 길 병장의 그때 모습은, 참으로 백만 불짜리 조폭 두목 같은 기막힌 표정이었기에, 지금까지도 기억에 또렷합니다.

고개를 살짝 숙이고 눈은 위로 치켜 뜨고 이를 앙다문 채 입술만 움직이며, 아주 낮은 목소리로 건들거리며 말했습니다

"야, 임마! 너는 어느 촌구석에서 놀았는지 몰라도 난 서울 신당동 토박이야. 종로에서도 신당동 칠성이라면 모르는 놈이 없지. 난 말이지, 이유 있는 꼬장은 잘 받아 준다. 하지만 너같이 어거지 꼬장은 안 돼. 죽어도 그 꼴 못 보지."

나이는 20대 초반이지만 대머리가 엄청 벗겨져서 40대 중반으로 보이는 데다가, 그 건들거리는 모습이 아주 최고 일품이었습니다.

박 상병이란 자도 유달리 시커먼 데다가, 인상도 거칠고 나이는 먹어 보이지만, 폼이나 계급이나 명분에서까지 길 병장을 누를 수는 없는 처지였으니, 그렇게 맞고 나서는 더 이상 대들 배짱이 사라진 듯이 보였습니다. 하지만 그렇게 맞고도 끄떡없는 박 상병의 맷집도 하루 이틀에 생긴 것은 아닌 것 같다

는 생각이 들었습니다.

사실 솔직히 말하면, 그때 마음속으로는 나도 좀 겁이 났었습니다.

이러다가 길 병장이 정말 사람 죽이는 것 아닌가도 싶었습니다.

박 상병은 연이은 비명을 질러 대면서도 잘못했다는 말은 한마디도 하지 않는 아주 처음 보는 독종 중에서도 상 독종이었습니다. 씩씩거리며 연상 땀을 닦는 길 병장을 저지시키고, 일단 박 상병에게 무릎을 꿇게 하였습니다.

그리고는 내가 훈계를 하였습니다.

"박 상병! 오늘 보니까 자네 군 생활을 아주 많이 했더구만. 그런데 내 말 잘 들어 두게. 내가 처음 이곳에 왔을 때, 자네 박 상병처럼 나도 상병을 달고 왔지. 그런데 나보다도 군번이 한참 낮은 한 녀석이 나 보다 병장을 먼저 달았다고 고참 노릇을 하더라고. 그 놈이 정말 아니꼬았지만, 한 달이 지나고, 내가 병장 진급을 하고 난 다음부터는 그놈이 꼬리를 내리고 말더라고. 그런데 자네가 여기서 꼬장 부리는 게 여기 길 병장이나 내가 혹시 자네보다 군번이 낮을 것 같아서 한번 해 보자고 하는 것인지는 모르겠다. 그래서 하는 말인데, 나나 여기 길 병장이 자네보다는 두 달 넘게 군번이 빠르다네. 그리고 여긴 전쟁터란 말일세. 이곳 전쟁터에서는 군기가 최우선이란 걸 자네가 잘 모르는 것 같아서 하는 말인데, 이렇게 죽어라 반항하는 자네 같은 놈 하나쯤은 군기를 잡다가 죽게 되어도 여긴 고국하곤 달라. 자네만 개죽음이 된다는 걸 명심해야지. 여기 분대원 모두가 증인이란 말이지. 하지만 그것 보다도, 머지 않아 우리가 귀국하면 박 상병 자네도 머지 않아 또한 분대장을 할 텐데, 그때에 자네 같은 녀석이 와서 꼴통 부리면 그땐 자네 어떻게 할 텐가?

여기 우리 모두의 최고 목적은 건강히 살아서 귀국하는 것이란 말일세!

우리가 오늘 박 상병 자네와 최 일병의 전입을 축하해 주는 자리였는데, 자네 한 사람 때문에 이게 뭔가? 여기 전쟁터에선 전우들의 의리 빼면 아무것도 없다는 것을 이제 박 상병도 알게 될 걸세! 이제 박 상병 자네도 꼬장 부릴 만큼 부렸고, 그 대가로 맞을 만큼도 맞았으니, 이제 그만하고 들어가서 못 다 한 전입 환영주나 한잔하자고! 오늘은 내가 자네한테 완전 두 손 바짝 들었네!

그래도 아직까지 내가 잘못했다고 생각된다면, 막사에 들어가서 날 죽이든 말든 맘대로 하시게. 뭐 총이 없나 아니면 수류탄이 없나? 크레모어에, 다이너마이트까지 즐비하니까 마음 내키는 대로 하시게. 하지만 자네에게 한 가지만 부탁하네. 같이 전입 축하주나 마시고 나서, 날 죽이더라도 죽이시게. 알겠나?

자 그럼 분대 전원, 막사로 이동!"

모두가 분대 막사로 이동한 후에 모두들 맥주에 고량주까지 준비를 하는 동안 나는 침상에서 박 상병을 강제로 엎드리게 시킨 후에, 많이 맞은 듯한 자리를 계속 주물러 주었습니다. 물론 이 친구 버티기는 했지만 끝내 나를 이기지는 못했었지요.

"자, 그럼 이제 박 상병과 최 일병의 환영 축배주를 하는 데 있어서 전입은 늦었지만 군 생활깨나 한 우리 박 상병이 건배 제청을 하겠다, 알겠나? 박 상병 어서!"

그렇게 정말 어렵고 식은 땀 흘리는 전입신고식을 치른 날이 었기에, 그 모습이 지금도 내 머릿속에 생생히 남아 있는가 봅니다.

이후에 또 박 상병의 꼬장이 있었냐고요? 아니, 전혀 없었습니다. 언제 그랬냐는 듯이 박 상병의 군 생활은 모범적이었고, 나와도 아주 잘 지냈습니다.

베트남 전쟁에 참전을 한 군인들의 1년 근무는 고국으로 돌아가면 군 생활 2년으로 인정해 주었고, 일반 병들도 진급이 상당히 빠르다 보니, 군번이 늦어도 베트남에 빨리 왔기 때문에, 더 높은 계급을 달고 상관 행세를 해서 다투는 경우가 종종 있어 왔었습니다. 이런 말을 전해들은 성질 급한 박 상병이 그렇게 꼴통짓을 한 게 아니었던가 생각됩니다.

연애편지

작문 테스트

이후 크고 작은 작전들이 이어지면서, 또 한 명의 귀국자에 이어 김 상병이라는 전입병이 들어왔습니다.

빼빼하고 키도 적고 왜소하게 생긴 데다가, 무척 순진하게 보이는, 부산 사투리가 강한 이 친구는 동아대학교 국어국문과 3학년 차에 군에 입대하였다고 하였습니다.

'어허, 이 친구 연애편지 하나는 아주 잘 쓰겠구나!' 싶어서, 일단 내가 관심을 좀 가졌습니다. 작전이 없을 때 아침 점심 두 끼는 C 레이션(개인별 야전 전투식량)으로 먹고, 저녁 한 끼는 중대 식당에서 A 레이션(대단위 전투식량)을 군대 된장으로 끓여서, 베트남 안남미 쌀과 한국 찹쌀을 섞어 만든 밥을 곁들여줍니다.

이럴 때 기름진 찌개가 느끼하니까, 우린 베트남 매운 고추를 늘 사다가 놓고, 그것을 잘게 찢어서, 뜨거운 찌개에 넣어서 우려낸 다음, 고추는 건져 내고 먹었습니다.

그러면 느끼하고 기름진 찌개도 아주 얼큰하고 개운한 맛으로 다시 태어납니다.

이런 새빨간 베트남 고추를 이 녀석 김 상병에게 한 움큼 쥐여 주면서,

"김 상병, 이 편지 좀 읽어 보시게, 이 솔이 엄마란 사람이 나와 편지상으론 아주 열애 중이지만, 나는 이 여자를 본 적도 없다네. 그러니 이 편지들을 읽어 본 다음에, 멋있는 답장 편지 좀 써 봐 줄 수 있겠나?"

그래도 국어국문과라고 하고, 또 3학년까지 다니다 온 녀석이라니까, 그의 문장력에 대한 기대는 참으로 클 수밖에 없었습니다.

한두 번 이 친구 문장을 베껴 쓰다 보면, 나도 연애편지 문장 솜씨가 좀 늘지 않겠나 싶었던 것이었습니다.

그렇게 시켜서 쓴 편지를 한나절이 지나서 건네받았습니다. 오호라! 참말로 시적이고, 감정이 풍부하고, 낭만적인 문구로 시작해서, 그렇게 끝나는 아주 멋진 작품이었습니다. 18세기 말 유럽에서 밤에 연인의 창가에서 부른다는 '세레나데'와도 같은, 좀

낯간지러운 노래 가사 같은 작문이었습니다. 그래서 내가 물어보았습니다.

"김 상병 자네 여자친구 있나?"

그런데 한 번도 사귀어 본 적이 없다는 것이었습니다.

"뭐? 한 번도 사귀어 본 적이 없다고? 그럼 그렇지, 이렇게 낯간지러운 문장을 어떻게 보낸다는 말인가!"

기대가 크면 실망이 크다고 했던가! 이런 전쟁터에서의 젊디젊은 사나이들의 외로움은 한가한 시간으로 돌아오게 되노라면, 꿈속에서라도 그저 고국의 아가씨 생각들뿐일 수밖에 없었습니다.

어쩌다가 고국의 여학생들에게서 위문편지라도 받게 되는 날이면, 그날은 아주 신명 나는 날이었습니다. 전우 한 사람당 두세 통씩 편지들을 나누어 주는데, 서로가 돌려보기도 하지만, 답장을 해서 서신 왕래를 바라는 그런 전우들도 많았습니다. 비록 답장은 오지 않더라도 혹시나 하는 기대감은 컸을 것입니다.

탐색 작전

베트남 민병대원의 유혹

여느 때와 마찬가지로 분대원을 인솔하여 부대 인근 마을을 탐색하며 돌다가, 수통에 고량주도 채울 겸, 구멍가게로 갔습니다. 오늘은 그만 돌고, 여기서 고량주나 한 잔씩 하고 가자며 구멍가게 앞으로 가서, 모두 탁자가 있는 나무 의자에 앉아, 우선 마실 고량주 한 병에 천장에 매달린 마른 생선 몇 마리를 구워 달라고 했습니다.

그런데 마른 생선을 석쇠와 같이 가져다 주면서 우리보고 직접 구워 먹으라는 것이었습니다. 아니 불도 안 가져다 주면서 어디서 어떻게 구워 먹으라는 것이냐고 손짓 발짓 했더니, 구멍가게 그 아주머니가 오셔서 아주 한심하다는 듯이, 옆에 빈 사기대접에다 대뜸 우리 고량주를 한 서너 잔 정도 붓더니, 성냥불로 불을 붙인 후, 석쇠와 마른 생선을 올려 주고 가는 것이었습니다. 헐! 독한 술에 불을 붙여서 마른 생선을 굽다니!

아무리 삼모작을 할 정도로 쌀과 온갖 곡식이 풍부하다고 해도 그렇지, 어떻게 마시기도 아까운 고량주 가지고, 마른 생선을 구워 먹는단 말인가? 우리나라 같으면 쌀이 모자라서 쌀밥도 못 팔게 하고, 분식이나 잡곡도 모자라서 배불리 못 먹는 판국인데!

그런데 그런 곳에 앉아서 잡담을 하다 보면, 으레 우리에게 다가와서 호객 행위를 하는 사람이 있었습니다. 우리들이 온 걸 어찌 알았는지 덜덜거리는 오토바이를 몰고, 베트남 예비군복 위에 총을 대각선으로 멘 채 다가오는 민병대원입니다.

그 녀석이 술을 마시고 있는 우리에게 대뜸 다가와서는 다짜고짜로, "따이한, 꽁까이 라일 라이 붕붕?" 하는데, 그들이 말하는 속칭 우리네 따이한들은 그 말의 뜻을 모두들 아주 잘 알아듣는답니다.

처음 그곳에 왔을 때부터 줄곧 다른 분대장들에게서 많이 듣던 이야기가 있었습니다. 이렇게 오토바이를 타고 오는 민병대에게 꽁까이를 데려오라고 시키면, 쏜살같이 달려가서 여자 두 명을 오토바이 뒤에 싣고 온답니다. 꽁까이는 여자라는 말입니다. 몸을 파는 꽁까이라는 것이지요. 1불씩만 주면 된다고 하는데, 데려온 여자 두 명 중에 한 명은 몸 파는 여자이고, 또 한 명은 몸 파는 여자들을 데리고 영업하는 포주라고 합니다.

그런데 얘기를 들어 보면, 아무리 전쟁 중이라 하지만, 일반적 생각으로는 상상을 초월하는 해괴망측한 짓거리들입니다. '세상에 이런 일이' 있었다는 것까지 숨길 필요는 없기에 여기에 좀 적어 보기로 하겠습니다.

여자가 필요해서 이렇게 두 명을 싣고 오면, 일단 얼마를 주든 성행위를 하는 것까지는 뭐 그럴 수 있다고 할 수도 있습니다. 남녀 두 사람이 숲속이나 안 보이는 곳에서 매춘 행위를 하는 것이라면, 이런 이야기를 꺼낼 필요도 없을 것입니다.

그런데 문제는 모두가 총을 들고 지켜보는 가운데서 이런 행위를 한다는 것이었습니다. 민병대원과 포주는 안심이 안 되어서 지켜보고 있고, 이쪽에서는 이쪽대로 안심이 안 되어서 모두가 경계를 서는 자세로 지켜 줘야 하지 않겠습니까? 그러니까 이런 해괴망측한 일이 생기는 것이었습니다.

웬만큼 넉살 좋고 낯 두껍고 배짱이 두둑한 녀석들이 아니라면, 어찌 그런 일을? 아니 그래도 그렇게 하는 녀석들이 있다고 들었습니다.

한 여자에게 몇 명이 교대로 섹스를 할 때는, 수통의 물을 부어 닦은 다음, 다른 수통의 고량주로 소독을 하고, 교대로 그 짓을 하였다고 하니, 지금 생각을 해 봐도, 아무리 젊은 나이이고 전쟁터라고는 하지만, 속이 울렁거리고 좀 씁쓸한 생각이 듭니다.

그런 행위들을 하는 사람들은 어떻게 그런 분위기 속에서도 발기가 되고 성행위가 가능할까 생각하니, 어떤 면에서는 참으로 신기하기만 합니다. 우리 중대 분대장 열여섯 명 중에, 당시 그렇게 해괴 망측하고 용감무쌍한 일에 앞장선 자들은 과연 몇 명이나 되었을까? 지금까지도 도저히 가늠할 수가 없습니다.

참고로 당시 1불의 가치는, 그곳에서 우리가 피우던 담배 열 갑 정도의 가치이고, 우리나라에서는 짜장면 열세 그릇이 넘는 금액이었답니다. 그리고 베트남은 오랫동안 중국의 속국으로 있다가, 독립한 지 채 몇 년도 안 되어서 다시 프랑스의 식민지가 되었다가, 이어서 일제 침략에 또 오랫동안 시달려 왔습니다. 그런데 이제 다시 남북 동족전쟁으로 까지 이어지다 보니, 엄청나게 많은 젊은 남자들이 줄줄이 안타깝게 숨져 갔습니다.

이렇듯 연이은 전쟁에 시달리다 보니, 이 나라 사람들에게는 아마 전쟁이 생활화되어 버린 듯도 해 보였습니다. 당시 현역 군인으로 전쟁터에 나갔다가, 죽지 않고 살아 남아서, 민병대원으로 전역하여 지내는 보통 젊은 남자들은 평균 부인이 세 명 이상씩이었다고 합니다. 그러니 민병대원인 이 젊은 남자들은 일은 안하고, 이 집 저 집 부인들 집을 돌아가며 생활하고 있었습니다. 또한 살아 남은 이곳 할아버지들 중에는 전쟁으로 인한 장애를 가진 사람들도 많았습니다. 그 때 당시 할아버지들은 중국 속국 생활의 영향으로 한문도 잘 사용하고 있었습니다.

우리가 동네 탐색을 하러 돌다 보면, 어떤 할아버지는 우리를 불러서 뭐라고 말을 건네 오는데, 우리가 못 알아들으면 나뭇가지를 하나 주워 들고서는, 땅에다가 이렇게 술 주酒 자를 쓰면서, 고개를 젖히고 손목을 꺾어 술 마시는 시늉을 합니다. 그리고 잡아 끄는데, 바로 요 앞이 자기 집이니 술 마시러 가자는 뜻입니다. 집으로 따라 들어가 보면 고량주 담금주가 즐비하게 보이는 것이었습니다.

마시고 싶은 것으로 골라 주겠다며 이것저것 맛도 보여 주는데, 이 모두가 약제 뿌리로 담근 술들이라 하였습니다. 어린 처녀라도 있는 집이면, 그 꽁까이에게 심부름을 시켜 가며 예쁘지 않느냐고 은근히 우릴 유혹하기도 하였습니다.

이렇게 마을에 내려왔다가 올라갈 때면, 으레 바나나, 파인애플 등 과일도 사 들고 부대로 들어가지만, 그래도 가끔씩 고국에서 위문품으로 보내오는 고국의 향수가 가득 담긴 그 사과의 맛에는 비할 바가 못되었습니다.

김치 통조림의 맛

고국에서 만들어오는 김치 통조림도 있는데, 이 김치 통조림 깡통을 깡길이(깡통 따기)로 하나 따려면, 깡통이 얼마나 두꺼운지 손가락이 한참 동안 얼얼하답니다. 막상 먹으려고 보면 깡통 속은 시뻘겋게 녹이 슬어 있고, 맛은 완전 식초 덩어리였습니다. 우리나라는 당시 깡통 통조림 만드는 기술이 없어서, 깡통 속에 공기를 빼지 못하고 만들다 보니, 이런 문제가 생기는 것이었다고 합니다.

후에 채명신 전 주월사령관님 댁에서 들은 얘기인데, 그 김치 통조림에 대한 사연을 잠시 말씀드리자면 이렇습니다.

하루는 주월 미군사령부에서 초청이 와서 방문하였더니, 부탁하신 물건이 왔다면서 탁자에 꺼내 놓았는데, 김치 통조림이었답니다. 시식을 해 보니 맛이 너무도 좋았었기에, 이게 어디에서 만들어져 오는 것인가를 물으니, 하와이에 있는 일본 사람들 공장에서 만들어져 온 것이라고 하더랍니다.

채 사령관님께서는, 우리 김치를 일본인들이 만들게 두어서는 안 되겠다는 생각이 들어, 참모들을 불러 다시 한번 시식회를 하겠다고 하며, 우선 그 자리를 피했답니다. 그리고 2차 시식회를 하기 전에 미리 참모장들에게 귀띔을 해 놓았다고 합니다. 이후 다시 시식회를 하였는데, 시식 후 모든 참모들이 한결같이 어이가 없다는 표정으로, "이건 한국의 전통 기호식품인데 어찌 일본 사람들 공장에서 만들어져 온답니까? 그러니까 맛이 이상하지요."라는 반응을 보였다고 합니다.

결국 채명신 사령관님의 의도대로, 김치는 한국에서 한국 사람이 만들어져 오게끔 해 달라고 요구했고, 그래서 다시 한국에서 생산된 김치가 오게 된 것입니다.

그런데 기술이 없다 보니 이런 김치가 만들어져 오게 된 것이었습니다.

이 먹기 역겨웠던 김치 통조림은, 한 많은 사연으로 태동된, 한국 역사상 최초의 '메이드 인 코리아' 깡통 통조림이었다고 합니다.

우리의 먹는 행복도 중요하지만, 조국의 경제 발전이 더 우선이라는 당시 채명신 주월사령관님의 빛나는 애국 애족 정신이 잘 드러난 일화가 아니었나 생각됩니다.

그렇듯 당시 우리나라는 총과 대포 등은 고사하고, 통조림 하나 만들 줄 모르는 아주 세계 최하위의 경제 후진국 상태였습니다. 베트남에서 사용하고 남은 포탄 껍데기조차도 미국 측 몰래 압축시켜서 한국으로 보내셨다고 하시는 것을 그분께 직접 듣기도 하였습니다.

당시 베트남에서도 현지에서 만들어 한국군에게 파는 김치가 있기는 했는데, 사 먹어 보니 그건 말로만 김치였을 뿐이지, 재료가 완전히 다르고 양념이 부족하다 보니, 감히 고국의 김치 맛을 조금이라도 기대하는 것 자체가 잘못이었던 것입니다.

한편 세탁은 자신의 이름이 적힌 봉지에 세탁할 옷을 넣어 보내는데, 3일 간격으로 유료로 배달되어 오고, 모두가 자기 부담이었습니다.

베트남 전선에서의 노름판

한번은 분대원 한 녀석이 "분대장님 우리 개비 담배 내기 화투나 한번 치시지요?" 하길래 "뭐? 여기 화투가 어디 있다고?" 했더니 자기가 만들었다면서, 들고 있던 화투라는 것을 보여 주는 것이었습니다.

야전 전투식량 'C 레이션'의 종이 박스를 잘라서 잘도 만들었습니다.

옳다 잘됐구나, 무료한 시간일 때는 아주 그만이 아닐까 생각하고, 지원자들과 머리를 맞대고 일명 '짓고땡'을 시작했습니다.

담배 한두 개비로 시작이 되었는데, 너무도 재미가 있어서 소리를 지르다시피 하며, 푹 빠졌습니다. 며칠을 하다 보니, 나중에는 한두 개비 담배가 한 갑 두세 갑으로 판이 커져 가고, 종국에는 달러 돈이 오가게 되는 것이 아니겠습니까? 그러다 보니 자연 목소리도 커지게 되는 것을 보고는 '아, 그래서 도박을 하면 안 된다고 하는구나!' 생각하게 되었습니다.

그렇게 느꼈을 때에 분대원들에게 말했습니다.

"오늘 이후서부터는 화투 끝이다, 이러다가는 이것 때문에 싸움도 나겠다."

그러고는 그날 저녁에 당장 화투를 찢어 버렸습니다.

전쟁터에서의 부적

부적의 종류

전쟁 중에는 자신이 전사자나 전상자가 될 수도 있다는 잠재된 불안에 시달리게 됩니다. 그러니 자신을 지켜 줄 수 있는 게 있다면 그 무엇인들 마다하겠습니까.

작전을 나갈 때면 자신의 생명과 안전을 지켜 줄 수 있는 행운의 부적을 지니려는 전우들이 많았습니다. 작전 나갈 때 여자가 입던 팬티를 입고 나가면 절대 죽거나 다치지를 안는다는 미신이 있었습니다. 이를 믿고, 애인이 있는 전우들은 여자 친구에게 팬티를 부치라고 하는 경우도 있었습니다. 또 어떤 녀석은 부적 중에서 최고의 부적이라면서 여자의 음모까지 구해서 신주 모시듯 몸에 지니고 다니기도 하였습니다.

이 두 가지가 우리 젊은 병사들에게는 최고의 인기 부적이었습니다.

애인이 없는 경우 친구나 부모, 형제들에게까지 부탁을 해서 부적을 지니려는 전우도 있었습니다.

얼마 전에 전입 온 우리 분대원 고 일병이 사물함을 정리할 때 빨간 무엇인가가 보이기에 물어보았더니, 빨간 여자 팬티였습니다. 애인의 것이냐고 물었더니, 그게 아니고 화천 오음리 훈련소에서 훈련받을 당시, 술집 아가씨에게서 입던 팬티를 돈 주고 샀다는 것입니다. 하! 오음리 술집 아가씨들이 당시 부적 팬티 장사까지 했다는 것도 그제서야 알게 되었습니다. 하기는 나보다 서너 달 늦게 이곳 백마 30연대에 파병되어 온 이원복이라는 내 친동생이 있었는데, 그마저도, 오음리 술집 아가씨가 입고 있던 빨간 팬티를 사 가지고 지녔다고 하는 것이었습니다. 그 사실도 몇십 년이 지난 후에나 알게 된 일이었지만 말입니다.

어떤 전우 하나가 집에다가 부적으로 써야 하니까 여자 빨간 팬티를 보내 달라고 했답니다. 그랬더니, 그 어머니가 여자 팬티 세 장을 사서 보내 왔다며, 나에게도 한 장을 주기에 받아서 입어도 보았습니다. 그러고 보면, 전쟁의 불안 심리는 내게도 엄청 크게 작용하고 있었고, 내가 입었던 여자 팬티는 그 증거가 아니었을까 생각됩니다.

그러나 뭐니 뭐니 해도 제일 흔한 부적은, 고국의 부모님들이 노심초사하며, 스님들이나 무당들에 부탁해 만들어진 종이 부적이었던 거 같습니다.

그러한 부적이 위험에서 자신을 지켜 준다고 믿게 되는 것은, 물에 빠진 사람이 지푸라기라도 잡는다는 그런 심리와 마찬가지 아니었을까요?

이런 현상들은 고국의 부모님들이 강하게 믿는 미신의 영향이기도 했을 것이지만, 하루하루 죽음의 공포를 달고 사는 전쟁터에서, 현 근무지 고참병들의 떠도는 말이나 전례가 그나마 불안을 덜어 주는 역할을 했던 이유일 것입니다. 아마도 전쟁터에서의 부적이란것은 삼국시대 이전부터도 있었지 않았을까 생각됩니다.

향수를 달래려고

재밌거리를 찾아서

이역만리 전선에서, 언제 누가 죽을지도 모르는 전쟁터에서, 불안한 생활 속에서도 우리 대한용사들은 1년 만기 귀국의 그날만을 기다리고 인내하며, 묵묵히 전투에 임하고 있었습니다. 누가 시켜서라기보다는 사명감과 애국심에서 고향의 가족을 생각하며, 뜨거운 피가 용솟음치는 젊은이들이었기 때문일 것입니다.

물론 그와는 정반대의 사건 사고도 많았습니다. 우리 전우들 중에는 향수병을 이기지 못해 고국으로 돌아가고 싶은 나머지, 자신의 다리에 총을 쏴서 다리가 불구가 된 전우도 있었습니다. 이 사실을 보고받은 당시 사단장께서는 엄청 노하셔서 치료가 끝나고 불구가 되었음에도, 일부러 빠른 귀국을 시키지 않고 사단 의무대에 본보기로 남겨 두었다고 합니다.

동물원의 원숭이 모양 구경거리가 되게 하여 다른 병사들에게 경각심을 주고, 만기가 돼서야 귀국시켰다고 하는 얘기를 들었습니다.

이런 향수병에서 해방되려면 잠시라도 잡념이 들 시간이 없어야 했습니다.

이글거리는 태양 볕 아래, 봄인지 여름인지 가을인지 겨울인지 도저히 구분이 가지 않는 하루하루! 지루하고 불안한 일상생활! 작전이 없어 늘어지는 시간에는 재밌거리를 찾아 나서기도 하였습니다. 냇가에라도 가게 되면, 물고기를 잡는답시고 물속을 향해 M16 소총을 난사합니다. 그러면, 즉시 물고기들이 떠올라 옵니다. 물 위에 둥둥 뜬 물고기들은 죽은 게 아니고, 기절을 한 것이기에 얼른 건져내야 합니다. 한번은 수류탄 안전핀을 뽑아 물속에 던졌더니 물고기가 더 많이 올라오는 것이었습니다.

M16 소총의 성능을 확인한다고 정글의 나무들을 향해 발사해 보기도 했습니다. 총알이 들어간 자국은 잘 보이지도 않지만, 나온 곳을 보면 생각 이상 엄청 구멍이 크게 난 것을 볼 수 있었습니다.

어떤 때는 꼬마들이 나뭇가지 끝에 실로 뱀을 매달아 빙빙 돌리며 우리에게 다가오기도 합니다. 아주 큰 놈을 가져와서 기분이 좋으면, 담배 한 갑까지도 그들에게 주기도 합니다. 꼬마들이 가져온 녹색의 독사는 잘 마른 나뭇가지로 불을 지펴, 그 불붙은 나뭇가지 위에 껍질 벗긴 뱀을 얹어 굽습니다. 몸보신하려는 것입니다. 꿈틀거리며 구워지는 뱀 위에 껍질 채 붙어 있는 내장을 들어 올리고 있다 보면, 그 내장에 붙은 기름이 한 방울씩 구워지는 뱀 위에 떨구어 지지도 합니다. 뱀 기름이 발라진 뱀구이 위에 맛소금도 살살 뿌려서 먹으면, 그것도 술안주로는 그만이었답니다.

우유는 냉동되어 종이 팩에 1,000밀리미터가 지급됩니다. 양은 충분하지만, 당시의 전우들은 거의가 우유라는 것 자체를 먹어 본 적이 없다 보니, 우유만 마시면 설사들을 하였습니다. 그러다 보니 마시지는 못하고, 우유로 세수를 하면 새카만 얼굴이 좀 하얘지고 피부가 좋아진다며, 물로 세수하고 난 후, 우유로 다시 얼굴에 세수하듯이 사용하기도 하였습니다. 나중에, 버려지다시피 하는 이 우유에다가 코코아 가루와 비스킷, 크림치즈, 커피, 설탕 등을 넣어 끓이면 색다른 맛이라는 것을 알고, 서로 먹으려고 난리가 나기도 하였습니다.

한가할 때는 늘 귀국할 때 영원한 추억을 만들어 가지고 간다며, 전우들마다 앨범 제작에 여념이 없었습니다. 야전 전투식량 C 레이션 등의 박스를 잘라, 수제 앨범을 만들고, 칫솔을 잘라 라이터 기름이나 휘발유에 녹여 고무풀도 만들어서 앨범을 제작하였습니다. 참으로 힘들게 만든 그 앨범에, 금쪽 같은 사진 몇 장에 전우들의 덕담과 사연, 농담까지도 한땀 한땀, 깔끔히 정리해서 만드는 그 정성 또한 전쟁터 병사들에게는 얼마나 행복한 시간들이 아니었겠습니까?

위문 공연의 추억

베트남 참전 당시 위문 공연단들의 순회공연 당시의 추억의 사진들입니다.

우연히도 많은 연예인들의 모습들을 볼 수가 있어서 그 때 찍은 사진들이 많습니다. 그 당시 나의 사진 중에는 당시 희극 영화배우 양훈, 육체파 영화배우 우연정, 당시 열여섯 살의 가수 하춘화 등도 있습니다. 이 모두가 지난 한때의 아름다운 추억으로 남아 있습니다.

마지막 사진 세 장은
위문 공연 중에 베트콩의 포탄 공격으로 아수라장이 되었던 모습
정말 천만다행으로 사상자가 없었다고 한다.

첨병 분대장으로 작전에 서다

야간 출발

큰 작전 이후 한 달여 지나, 다시 시작되는 소대 매복 작전에서 첨병 분대장을 맡아 작전에 임하게 되었습니다.

매복 작전이란, 믿을 수 있는 정보에 따라, 적의 이동 예상 시간보다 하루나 이틀 전쯤에, 적의 이동 경로 목적지에 숨어 들어가는 것이기 때문에, 야간에 행군하는 것이 원칙입니다.

작전 첫날 막 어둠이 깔리기 시작했을 무렵 작전 지역으로 향하였는데, 소대장이 이곳에 부임한 지 한 달여밖에 안 됐고, 작전이 처음인지라 엉뚱한 곳으로 우릴 인도했던 것으로 기억됩니다. 아차 길을 잘못 들었다 싶었지만, 다시 찾아가기엔 너무도 늦은 시간이기에 일단 적당한 곳을 찾아 야영을 하였습니다.

이튿날 화창한 날씨의 아침이었습니다.

원래의 작전 지역으로 두어 시간여를 이동하던 중, 폭이 2~3미터 정도로 길게 늘어진 작은 개울을 만났습니다.

적 발견의 순간

이 개울을 건너려는 순간, 개울 오른쪽 위 2시 방향 경사진 곳에서 갑자기 무엇인가 움직인다는 느낌이 왔습니다. 나중에 안 일이었지만, 이동 중이던 베트콩들이 아침 먹고 난 뒤, 두명이 그릇을 들고 개울로 내려와 닦은 후, 다시 일행이 있는 산등성이 위쪽으로 가려는 중이었습니다.

그중, 한 명의 베트콩이 우리를 발견함과 동시에 눈이 마주친 순간!

나는 경악을 금치 못하고 얼음덩어리처럼 차갑게 굳어 버린 몸으로, 잠시 멈칫하였습니다. 이내 정신이 들자, 나는 즉시 도주하는 베트콩들을 향해 반사적으로 사격을 가했습니다. 그러자 갑자기 그 위쪽에서 우리에게 반격을 가해 왔습니다. 몇 명인지 알 수조차 없는 수많은 베트콩들이 숨어서 우리에게 일제 사격을 가해 오고 있는 것입니다. 아까 우리와 눈이 마주쳤다가 도주하는 베트콩들을 엄호하기 위해 그들은 아주 필사적으로 대응해 오는 것이었습니다.

그런데 도대체 우리에게 사격을 가해 오는 베트콩들은 어느쪽에서 몇 명이나 되는지 가늠조차 잘 안되는 상황이었으니 정말 불안, 초조 그 자체였습니다.

'타—탕탕!', '피—웅 핑핑!' 머리 위로 날아가는 소름 끼치는 총알 소리들은 우리들의 자세를 땅에 바짝 엎드리게 만들었습니다.

한참의 교전 후에 잠시 총성이 멎자, 도망하는 몇몇의 베트콩들의 모습이 다시 눈에 들어오게 되었습니다. 이 베트콩들이 숨어 있던 곳이 바로 우리의 전방 100여 미터 정도밖에 안 되는 곳이었나 봅니다.

너무나도 짧은 거리에서 계속 숨어서 버티다가는 전멸을 면치 못하겠다는 생각에 그들은 마지막 결단을 내린 것 같았습니다. 움직이는 적이 보이는 지라, 우린 그 움직이는 목표물 쪽으로 사정없이 집중 사격을 가하였습니다.

  얼마만큼이나 지났을까, 더 이상은 적들의 움직임이 없어 우리는 사격을 멈추었고, 이내 소대장이 포격지원을 요청하였습니다. 잠시 후 산등성이 너머 베트콩의 도주로 쪽으로 포 사격이 시작되었습니다.

후방에서의 포 지원 사격

지난 작전 중에도 겪었지만, 우리들의 머리 위를 지나서 날아가는 총알이나 포탄의 소리는 아주 섬뜩한 느낌입니다. 도주하는 베트콩 쪽으로 비행하는 포탄의 소리가 기분 나쁜 휘파람 소리처럼 들리며, 또다시 온몸을 서늘케 하였습니다.

나는 소대장의 명령에 따라 "분대 공격 앞으로!" 하고 소리를 쳤습니다.

그런데 아무도 앞으로 뛰쳐나가는 분대원이 없었습니다. 이를 보고 다급해진 나는 솔선수범해야 한다는 마음에, 벌떡 일어나서 앞으로 뛰어나갔습니다. 그러나 몇 발짝 못 가 바로 엎드리고 말았습니다. 훈련소에서 훈련한 대로라면, 뛰쳐나가 전진한 거리가 최소 6~7미터 이상은 되어야 하지만, 실제로는 3~4미터에 불과했습니다.

보이지 않는 적을 의식해야 하는 실제 전투 상황이다 보니, 나도 모르게 겨우 3~4미터 나가고는 멈춰서 엎드리고 말았던 것입니다. 그래도 나의 이런 행동을 보고, 분대원 모두가 약진을 시작하게 되었습니다. 나도 모르게 나 자신에 대한 감동과 함께, 분대 전우들에 대한 감사의 마음을 느꼈습니다. 실제로 전투시에 적진을 향해 목숨을 걸고 선두에 서기를 누군들 원하겠습니까!

분대에서는 분대장이 솔선하여 앞장서지 않으면 안 된다는 것을 확인하는 순간이었습니다. 우리 분대의 전우 모두가 일

심동체가 되어 나의 지휘에 따라 주었던 것 또한 그날의 성과였던 것입니다.

그렇게 초조와 불안 속에 땀 흘리며 각개 약진을 하다 보니, 포탄 날아가는 소리가 멈추었습니다. 포 지원사격도 끝나고, 적이 충분히 이동했으리라 생각될 즈음, 우린 서서히, 아주 천천히 능선 너머 적의 도주로 쪽으로 나아갔습니다. 가다 보니 처음 마주쳐 도주하던 베트콩 두 명 중에 한 놈이 엎어져 죽어 있었고, 조금 더 위쪽에는 베트콩 하나가 부상이 심한지, 도망을 못 가고 엎드려서 궁둥이만 내밀고 있는 것이 보였습니다. 우리 분대원들은 또다시 집중사격을 가하였습니다. 그런데 조금도 움직임이 없기에 우리는 다시 전진해 올라갔습니다. 그 자리에 도착해서 자세히 살펴보니 베트콩이 아니고, 그들의 배낭이었습니다.

도주하면서 급하게 내버려진 배낭을 보고 우리는 베트콩이라고 착각을 하였던 것입니다. 그런데 참으로 희한한 것은 배낭에 그렇게 총을 쏴 댔는데도 총알 자국은 고작 여섯 개뿐이라는 것이었습니다. 그 모습을 본 우리들의 공통적인 얘기는 역시 사람이 사람을 죽인다는 것 자체가 그리 쉬운 게 아니란 것이었습니다. 그걸 다시 한번 확인하는 순간이었습니다.

작전 중인 모습

그렇습니다. 우리가 전쟁영화를 보면 '어찌 저리 총탄 속을
피해 도망칠 수가 있을까? 순 엉터리다.'라고 생각하게 됩니
다. 실제로 막상 적이 눈앞에 불쑥 나타나면, 당황하고 겁에 질
려 몸이 굳어지게 마련이랍니다.

군에서 훈련받을 때처럼 숨을 멈추고, 총을 받친 팔꿈치는 90
도 각도로 하고, 방아쇠는 여자의 젖가슴 다루듯 살짝 당긴다?'

실전을 겪어 본 우리들에게 이건 정말 웃기는 얘기밖에 되지
않습니다.

사람이 사람을 죽인다는 것은 아이들 전쟁놀이 하듯 그리 쉬
운 게 아닙니다.

더욱 중요한 건 내가 그 자리에서 죽느냐 살아남느냐 하는
문제입니다.

"적의 상황을 잘 살펴야 우리가 산다"

올림픽 사격 선수들을 보면 꼿꼿이 서서 숨을 가다듬으며 차분히, 한 발 또 한 발 그렇게 발사하는데, 자신에게 총알이 날아오지 않으니까 가능한 것이라고 생각합니다.

사격 금메달리스트들도 만일 전쟁터에 내놓아진다면, 마찬가지로 처음에는 오합지졸일 수밖에 없을 것 같다는 생각이 듭니다.

적에게서 노획한 바로 이 AK 아카보 소총으로 발사도 해 보았다.
인류가 경험한 가장 가공할 무기였던 핵폭탄 두 발이 일본에서 25만 명의 목숨을 앗아갔다면,
AK-47은 1947년 소련에서 만들어져, 전 세계에서 1억 정 이상이 사용되며,
그보다도 몇 배 많은 인명을 살상했다고 한다.

행운이 따른 전투의 성과

어쨌거나 그날 작전은 엄청난 운이 따랐던 것이 사실이었습니다.

만일 적과 마주친 시간보다 조금만 빨랐거나 늦었다면? 베트콩이 우리의 접근을 먼저 발견하였더라면? 나는 아마도 제일 먼저 베트콩들의 AK 소총 총알 세례를 무더기로 받았을 테고, 당연히 우리 소대가 전멸할 수도 있었을 것입니다.

생각만 해도 정말 소름 끼치는 끔찍한 일이 아닐 수 없었습니다.

통쾌한 승리의 작전을 종료하고 철수할 때
잠시 물가에서 또다시 살아 있음을 감사, 환호하는 오른쪽의 필자.

우리는 단 하나뿐인 생명의 소중함을 너무나도 잘 알기에, 적을 무리하게 추격하거나 섣불리 행동하지 않아야 한다는 것을 배웠습니다. 적에게도 도주할 수 있는 충분한 시간을 주었다고 생각되었을 즈음에서야, 천천히 산등성이 쪽으로 올랐습니다.

게릴라 전법을 구사하는 베트콩을 무리하게 추격하면, 지뢰나 부비트랩이 있는 쪽으로 유인 당하거나, 또는 숨어 있는 베트콩에게 저격당하여, 엄청난 손실을 볼 수가 있으므로, 아쉽지만 그렇게 작전은 종료되었습니다. 전과는 적 사살 5명, AK 아카보 소총 2정, 배낭 3점 등이었습니다.

한숨 돌리고 난 후, 노획한 배낭 속들을 들여다보았습니다.

두툼하고 묵직한 배낭 속에는 그들의 전투 식량인 듯한 삶은 감자와 옥수수 등도 보였습니다. 왠지 죽은 베트콩들이 갑자기 불쌍하게 느껴졌습니다.

그런 생각이 떠오르기 시작하자, 전쟁이 앗아간 그 주검들이 눈에 자꾸만 밟히어 내 머리를 어지럽혀 왔습니다. 하지만 아군의 피해가 하나도 없다는 것을 큰 다행으로 생각하며, 지옥과도 같았던 시간들을 뒤로하고 우리는 부대로 향했습니다.

부대로 돌아오는 중에도 내내, 죽은 베트콩들의 환영들만은 쉽게, 그리 쉽게 내 머릿속에서 가셔지지가 않았습니다.

발걸음도 가벼운데 맑은 하늘에 갑자기 나타난 먹구름
그 먹구름이 모두의 걸음을 재촉하게 했다.

나의 유서와 주님

말라리아열병에 걸리다

작전이 끝나고, 중대 본부의 우리 분대 막사로 돌아 왔건만, 정신적, 육체적 피로감이 몰려서인지 몸살과 함께 열이 엄청나게 오르기 시작했습니다. 알고 보니 말라리아열병에 걸렸던 것이었습니다. 열이 40여 도까지 오르내리다 보니, 온몸이 불덩이처럼 뜨겁게 달아올랐습니다. 나는 체온이 오른 만큼이나 추워서 벌벌 떨며, 담요 몇장을 들고 그 작열하는 무더운 뙤약볕에 나와, 덮고 있어야만 했습니다.

그래야만이 사시나무 떨듯 느껴지는 추위가 조금은 가시는 듯 하였으니까 말입니다.

이런 행위를 하면 병세만 더욱 악화만 될 뿐이라고 했지만, 너무 괴로우니까 그런충고는 귀에 들어오지 않았습니다.

당시에는 말라리아 치료약이 없었기에, 한번 걸리기만 하면 죽어 나가는 사람이 많아서, 말라리아는 우리에게 엄청 무서운 열대지방의 풍토병이었습니다.

그래서 평소에 '키니네'라는, 빨간색의 말라리아 예방약이 충분히 지급되었습니다.

땀을 많이 흘리기 때문에, 소금을 압축시킨 두툼하고 큼직한 소금 알약도 함께 충분한 양이 지급되었습니다. 처음에는 잘들 챙겨 먹었지만, 날이 갈수록 용두사미격으로 평소 건강에 소홀하였었던 것이 이런 문제에 이르게 한 것입니다. 하지만 때늦은 후회가 이제와서 무슨 소용이겠습니까.

그 당시의 유일한 치료법은 환자를 냉장고에 넣었다 뺐다 하면서 강제로 열을 내리는 것뿐, 별다른 도리가 없었습니다. 말라리아 환자가 병원으로 후송되면, 마치 사형선고 받은 자가 사형장으로 끌려가는 것처럼 바라보았습니다.

그래서 나는 중대 위생병의 병원 후송을 적극 거절하고, 온몸을 얼음으로 마사지 해 열을 식히는 물리치료법을 택하겠다며 완강히 버텼습니다.

그러나 그 방법도 수월한 건 아니었습니다.

팔다리를 네 명이서 하나씩 꽉 잡고, 또 다른 한사람은 얼음덩이로 온몸을 찜질 마사지하는 것이었습니다. 그 불덩이 같이 뜨거운 몸뚱이에 얼음덩이가 오르내리면, 마치 면도날 수

천, 수만 개로 살들을 긁어 내리는 것과도 같아서, 비명에 몸부림을 칠 수밖에 없었습니다.

그 고통이란 겪어 보지 않은 사람은 아무도 모른다고 말할 수밖에 없을 정도로 아프고, 심했던 것만은 사실이었습니다. 그래도 그렇게 한 시간여를 하고 나면, 강제로나마 온몸의 체온이 내려가니까, 우선 시원함을 느낄 수가 있게 되었습니다.

하지만 대여섯 시간이 지나면서부터 다시 열이 오르기 시작한다는 것이 문제였습니다. 그렇게 얼음덩이로 물리치료를 하는 고통도 고통이지만, 더 큰 고통은 식사를 할 수 없다는 것이었습니다. 물론 입맛도 없었지만, 한 술만 떠도 그대로 토하게 되는 것이 더 문제였습니다. 이런 상황에서 물만이라도 좀 마실 수 있었더라면 그 얼마나 좋았을까! 그러나 물만 마셔도 이것 역시 즉시 토하게 되었습니다. 이처럼 아무것도 먹을 수 없다는 것은 정말 치명적이었습니다.

5일여를 그렇게 지나다 보니, 이제 완전히 아사 직전까지 이르렀습니다.

이런 와중에 또다시 우리 소대원들 모두 작전을 나가게 되었습니다.

긴 고통 속의 죽음보다는 지금 자살을

　나만이 분대 막사에 남겨진 채, 모두 작전을 떠나던 그날, 나는 아주 중대한 결심을 하기에 이르렀습니다.

　'후송을 가서, 얼음찜질보다 훨씬 더 혹독한 고통의 냉장고 속으로 강제로 쳐 넣어진 채, 그 엄청난 고통 속에 몸부림으로 그렇게 죽느니, 차라리 여기서 내 의도대로 편하게, 아주 편하게 죽자!'

　생각이 여기에 이르자, 이내 편지지를 꺼내어 사랑하는 가족에게 유서를 써 내려가기 시작했습니다.

　어머니, 아버지, 가족들 모두의 모습이 눈에 어리어 한참이나 가슴이 메었습니다. 그러다 보니 눈물로 얼룩진 유서가 되고 말았습니다. 이 유서를 내 사진과 함께 봉투에 넣었습니다. 그리고는 큰 작전 나갈 때 늘 하였듯이, 손톱, 발톱, 머리카락까지 잘라서 그것도 함께 봉투에 넣었습니다.

　물론 분대원들에게도 '꼭 살아 돌아가라!'라는 격려와 함께, 내 유서를 우리 집으로 잘 좀 부쳐 달라는 메모도 써 놓았습니다. 어쩌다 내가 이런 병에 걸리게 되었단 말인가? 결론은 내가 예방약을 안 챙겨 먹은 탓이었지만, 당시에는 하느님 탓인 듯도 싶어, 하늘이 한없이 원망스러웠습니다. 아무리 큰 병이라 치더라도 그렇지, 치료약마저 없어서 이렇게 죽어야만 한

단 말인가! 세상에 물만 마셔도 토하는 몹쓸 병이라니! 어쩌다가 내가 이런 병에 걸렸다는 말인가!

그래 고통 속에서 추하게 죽느니, 차라리 한방에 깨끗하게 가야지! 이런 생각에 M16 소총을 집어 들었습니다. 옆에 보이는 수류탄도 하나 집어 들어 보니, 다른 때와는 완전 다른 느낌이 들었습니다.

사랑스럽게 느껴지는 듯도 하여, 이것을 들고 둥근 안전핀에 손가락을 넣었다가 아니다 싶어서, 다시 M16 소총을 잡고는, 이내 실탄을 장전하였습니다.

신에 대한 무궁한 원망과 한없는 절망감으로 가슴속은 오열로 가득 채워진 채, 그동안 많이 정들었던 분대 내무반의 모습들을 하나씩 둘러보며, 세상과 이별하려는 순간, 내 시선은 잠시 내 침상 진열장 위 사물함에 머물러졌습니다.

아차! 그렇지 내 사물함에는 맥주가 잔뜩 있었지! 내가 왜 그걸 생각지 못했던가? 차라리 그 맥주를 마셔 대면? 고통없이 더 깨끗하게 죽을 수 있지 않을까? 내가 왜 그런 생각을 못했지?

갑자기 생각이 여기에 머무르자, 망설임 없이 맥주 여섯 개짜리 두 줄 열두 개를 꺼내어, 앞뒤 생각 없이 그대로 목에 들이부었습니다. 그렇게 엄청 빠르게 들이킬 수 있었던 것은, 아마도 5일여 동안 물 한 모금도 못 마셨기 때문이 아니었을까요?

아마도 갈라진 논에 물 들어가듯 한다는 것이 이럴 때 맞는 비유가 아닐까 모르겠습니다. 화산 폭발로 방금 흘러내린 용암만큼이나 뜨거웠던 내 몸의 배 속에, 맥주가 콸콸 부어지고 채워지는 순간, 나는 정신을 잃고 쓰러지고 말았습니다. 얼마나 마셨는지, 어떻게 된 것인지 기억조차 할 수가 없었습니다.

몇 날 몇 시간 동안을 혼수상태로 쓰러져 있었는지도 모르는 채, 그렇게 마냥 쓰러져 있었나 봅니다. 그렇게 한참을 무의식 속에 빠져 있다가 문득 정신이 들어 눈이 떠졌습니다. 처음에는 어둠침침하고 답답한 벽 같은 것이 시야에 들어왔습니다. 이내 분대 막사의 천장인 것을 알아차리고서야, 다시 사방을 둘러보았습니다. 지옥은 분명 아닌 것이 확실히 느껴졌습니다.

유서를 남기고 맥주를 엄청 들이마신 것까지는 이제 기억이 살아났습니다.

나는 누워 있는 머리 양쪽을 더듬어 보았습니다. 손에 아무런 감촉이 없었습니다.

당연히 마신 맥주 전부를 토했을 것이라 생각했는데, 다시금 눈을 번쩍 떠, 확인 차, 누운 채로 양 옆을 돌아보았지만, 토한 것 하나 없이 너무도 깨끗했습니다.

당시로서는 환상 속에 빠진 듯, 참으로 신기하고 또 신기하기만 하였습니다.

더욱 신기한 것은 온몸이 날아갈 듯 가볍게 느껴졌다는 것입니다.

40도를 높게 오르내리던 악마 같던 그 열까지도 싸—악 내려갔으니, 이것이 마법이 아니라면 그 무엇이 마법인가 싶었습니다.

아! 내게 새 생명을 주신 나의 주酒님

후에 하게 된 생각이지만, '이열치열'이란 바로 이런 것을 두고 하는 말이 아닌가 싶었습니다. 그때 당시 그 기분을 한마디로 요약한다면, 아마도 '환희?' 바로 그 자체일 것입니다. 죽음의 문턱에서 다시 살아났으니, 그 기분을 어찌 이루 다 형용할 수가 있겠습니까?

5일여 동안을 물 한 모금 마시지 못하고, 불덩이 같은 몸으로 다 죽어 가는 상태에서 그리 맥주를 배 속에 쏟아 부었으니, 내가 얼마나 긴 시간 만에 깨어난 것인지, 지금까지도 가늠이 안 됩니다. 나의 악마 같았었던 그 지긋지긋한 고열의 고통을 해결해 준 것이 맥주였으니, 나에게 맥주는 구세주가 되는 '주酒님'인 셈이었습니다.

지금도 맥주라면 나에게는 신비의 생명수이자, 부활의 마법수이기에, 아직까지도 가끔씩은 그 때를 떠올리며 맥주에 대한 감사의 마음을 갖고 있습니다.

그렇게 혼자서 몸을 추스리고 있는 동안, 5일 전에 떠났던 전우들도 작전을 끝내고 귀대하여, 나의 쾌유를 축하해 주며, 너무도 신기해하였습니다.

무공포장과 월남동성훈장을 함께 받다

훈장이 두 개씩이나

그렇게 죽음의 계곡을 넘어 행운의 주酒님을 만나 회생한 나는, 죽음과 삶의 간격이 손바닥과 손등의 차이라는 것을 재삼 실감하게 되었습니다. 몸의 건강을 열심히 추스르고 있을 즈음, 나에게 또 한 번의 행운의 여신이 미소를 지으셨습니다.

우리의 지난번 작전의 전과로 인해서, 나는 대한민국 무공포장과 베트남 정부의 동성훈장을 같이 수여받게 된 것입니다. 중대에서는 유일하게 나만 20일간의 포상 휴가까지 명받았으니, 정말 크나큰 경사가 난 것이었습니다.

말라리아에서 살아남은 것만도 대단하고, 엄청난 축복인데, 내게 이런 행운까지 겹칠 줄이야!

무공훈장을 받았다고 모두들 포상 휴가를 가는 것은 아니기에, 나는 이 특별한 휴가 명령에 기분이 하늘로 날아갈 듯 치솟았습니다.

위가 대한민국 무공포장, 아래가 베트남의 동성훈장

옳지, 이번 포상 휴가를 가게 되면 우리 솔이 엄마를 꼭 만나고 와야 되겠구나!

얼굴이 어떻게 생기고 목소리는 또 어떻고 키는 얼마만 할까?

솔이 엄마에게 어떤 선물로 무엇을 준비해야 할까?

생각이 여기에 이르자 괜스레 마음에 조급증이 더해지는 것이었습니다.

지난번 내게 보내온 솔이 엄마의 사연 중에, 언제고 휴가를 오시게 되면 맛있는 동태찌개를 끓여 준다고 약속을 했는데, 정말 그것도 기대가 되었습니다.

솔이 엄마가 끓여 준 동태찌개는 과연 어떤 맛일까?

그런 와중에 우리 소대 선임하사 당번 '김영준 상병'이란 전우가 또 말라리아에 걸렸다는 소식을 전해 들었습니다. 즉시 내가 찾아가 나의 예를 들어 가며 맥주 마실 것을 적극 권유했습니다. 그러나 그 친구 하는 말이 "분대장님, 저는 술을 못 마시잖아요." 하며 씁쓸히 웃는 것이었습니다.

그래도 약이라 생각하고 조금 마셔 보라고 했지만, 끝내 사양하는 것을 보면, 아마도 내 말을 다 믿지 못하기에 그런 것 같아, 그 녀석이 얄밉기까지 했었습니다.

그런지 하루 만에 김 상병은 백마사단사령부 의무대로 후송되었습니다.

나는 들뜬 마음으로 이번 보상 휴가 때 집에 가져갈 물건들을 챙기기에 바빴습니다. 어찌 됐든 갑작스럽게 군용 더플백 하나 가득 채울 것을 찾아, 이것저것 주섬주섬 채우다 보니 그것도 쉬운 것이 아니었습니다.

전쟁 중 특별 고국 휴가 20일
― 휴가 출발

의무대에 입원부터

그렇게 며칠이 지나자 드디어 특별 포상 휴가 출발 명령이 내려왔습니다.

하지만 아직까지도 나는 말라리아 환자로 등록되어 있었기에 백마사단사령부 의무 중대에 입원하여, 완치 판정을 받아서 가야 한다는 것이었습니다.

즉시 헬기를 타고 백마사단사령부가 있는 닌호아로 날아갔습니다.

사단 의무대에 입원을 하려고 도착을 하였더니, 그곳의 하사한 사람이 내게 다가오더니 무척 반가워하는 것이었습니다.

알고 보니 베트남 파병 전, 화천 오음리에서 훈련을 받을 당시, 서로 꿍짝이 잘 맞아서 절친으로 동고동락했던 아주 반가운 전우였습니다. 주특기가 의무 병과라서 이곳에서 근무하는 것은 당연하겠지만, 그래도 이렇게 다시 만날 줄이야!

그 친구는 내가 온다는 것을 공문을 통해서 미리 알고 기다리면서도, 행여 동명이인이면 어쩌나 걱정했다며 아주 좋아하는 것이었습니다.

우선 궁금한 것은 얼마 전에 말라리아로 이곳으로 후송되어온, 우리 소대 김영준 상병의 안부였습니다. 물어보니, 안타깝게도 이틀 전에 병사病死했다고 했습니다.

'아이쿠! 미친놈! 그 미친놈이 저 자신을 위해 해 준 내 말을 조금이라도 믿었더라면, 그랬더라면 얼마나 좋았을까!'

이후 처음 전쟁기념관에 들렀을 때, 동으로 판각된 베트남 전쟁 전사자 명단에서, 그 전우 이름에 초점을 고정한 채 눈시울을 붉히기도 하였습니다.

이어서 김 하사에게 그곳 베트남 백마 30연대에 파병되어 온지 얼마 안 되는 나의 친동생 이야기를 한 후, 그 동생에게 전화 연결을 부탁하였습니다. 우리 중대에서는 힘들어도 이곳에서는 가능한 일이었으니까요. 동생과의 통화 연결을 기다리는 동안, 우린 또다시 이곳에 도착하기 전의 얘기에 열을 올렸습니다.

"야, 이 병장. 우리가 부산 3부두를 떠나올 때 이런 기도를 하지 않았니? 병신이 되느니 차라리 죽음을 달라고 말이야. 그런데 이곳에 전투하다가 실려 온 전우들을 보면 말이다, 팔다리 절단 수술을 끝낸 후, 정신이 들어 첫 번째 하는 말이 뭔 말인지 아니? 까딱하면 자기도 죽을 뻔했다는 거야! 알겠니?"

김 하사의 말이 떨어지기가 무섭게, 다른 의무병 하나가 다가와 동생과의 통화가 연결되었다고 받으라 하여, 곧이어 동생과의 통화가 시작되었습니다.

엄청 반가운 동생의 목소리에 잠시 울컥했지만, 전쟁터에서 동생과 나눌 수 있는 얘기가 뭐 있겠습니까? 많은 얘기 중 중요한 것은 이거 하나였습니다.

"지금 내가 고국으로 휴가 가는데, 집에 도착하면 네 소식도 전해 주마! 건강히 잘 있다가 꼭 살아서 무사히 돌아가야 한다!" 통화를 끝내고 다시 김 하사와 대화를 이어 나갔습니다.

'말라리아로 고생하다 죽으려고 유서까지 쓰고 맥주 마신 얘기'가 끝나기 무섭게, 김 하사 하는 말! "야, 열이 없으니 이젠 걱정할 것 없다. 말라리아는 열만 내리면 사는 거야. 근데 그게 그렇게 안 되니까 죽어 나가는 거지. 넌 정말 복 터진 놈이야! 말라리아 완치된 것만도 하늘의 크나큰 축복인데, 뭐 고국에 포상 휴가까지 간다니, 정말 복 터졌구나! 축하한다. 이제 아무 소리 말고 맥주나 두 박스 사라. 안주는 내가 기가 막힌 것으로 가져올 테니까 걱정 말고!" 하는 것이었습니다.

난생 처음 맛보는 보신용 안주

물론 당연히 그날 저녁에는 맥주 파티가 벌어졌습니다. 그
것도 전쟁 중인 군 병원 의무대 안에 입원을 해서 말입니다.

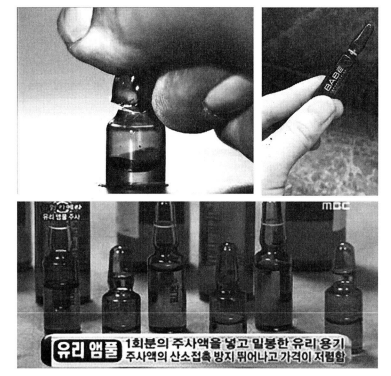

포도당 앰풀
이런 모습으로 진공 상태의 얇은 유리병들로 만들어져 나왔다.

그 친구가 가져온 안주 두 가지 중에 한 가지는 2리터 깡통에 든 체리 통조림이고, 또 한 가지가 있었는데, 그것은 정말 세상에서 정말 처음 맛보는 것이었습니다.

그 친구 하는 말이 "이, 이 옆에 작은 유리병에 든 것들은 중환자들에게 많이 사용하는 주사제 포도당 20퍼센트라네. 이렇게 유리병 꼭지를 손톱으로 탁 쳐서 깨거나, 아니면 꼭지 부분을 옆으로 꺾어서 그냥 마시면 된다네. 여기 있는 거 모자라면 얼마든지 더 가져다줄 테니 몸보신 많이 하시게나!"

그런데 그 20퍼센트의 포도당만 해도 무려 스무 개짜리 두 박스나 가져왔던 것이었습니다.

당시로서는 체리 통조림도 맛이 있었지만, 그보다도, 아니 세상에, 주사제 포도당을 그리 한꺼번에 많이 마셔 보기는 전무후무한 일이 아니었을까 생각됩니다.

나는 몸보신이라는 김 하사의 말에 끌려 마구 마셔 대기도 하였지만, 포도당 20퍼센트가 그리 달고 맛있는지도 그때 처음 알았습니다. 술 좋고, 안주도 일류였지만, 그보다도 어느 녀석과 마시느냐에 따라 술 맛도 달라지는 모양이었습니다.

김 하사 이 친구와 오음리 훈련소에서 철조망 넘어 찾아 다니던 방석집의 영자, 순자 얘기부터, 펜팔 하는 고국 아가씨들 얘기까지. 시간 가는 줄 모르며 한참을 추억의 수다 속에, 그렇게 마셔 대다 보니 우린 엄청 취했었나 봅니다.

이렇게 마셔 대던 중간에 문득, 주사제 '링거'의 맛도 갑자기 궁금해졌지 뭡니까.

"어이, 김 하사. 링거도 한 병 가져와 봐. 맛이 궁금해서 그래."

김 하사는 "미쳤니? 그 짐짐하고 무덤덤한걸 왜 찾냐?"라고 했지만, 끝내 가져오게 해서 마셔 봤더니, 그의 말대로 이건 정말 짐짐하고 무덤덤한 맛, 그 자체였습니다. 그래도 궁금증은 풀렸으니 다행이었습니다.

그날 우리는 한참을 마셔 대며, 죽음에서 살아나 만난 반가운 전우와의 회포를 풀었습니다. 그날 우리가 얼마만큼 취했었는지는 지금도 기억이 나지 않습니다.

사이공 유엔군 뷔페식당

그렇게 백마사령부를 뒤로하고, 꿈에도 그리던 고국으로 떠나기 위해, 닌호아에서 군용 항공기를 타고 사이공공항(지금의 호치민공항)으로 출발했습니다.

사이공공항 바로 옆에는 유엔군이 사용하는 전용 뷔페식당이 있고, 또 그 근처에 우리 여행 장병들의 호텔식 숙소도 있었습니다. 이 유엔군 식당은 오전 6시부터 다음 날 오전 2시까지 식사를 제공하였습니다. 20시간 언제나 우리가 들어가 사인만 하면, 몇십 번이고 얼마든지 출입을 하면서 무료로 먹을 수 있는 유엔군 뷔페식당이었습니다.

1972년도쯤이니, 그 시절에 우리나라 국민 소득은 340불로, 현재 우리 국민 소득의 100분의 1 정도밖에 안 되었습니다. 당시 필리핀의 몇분의 1도 안 되는 최저 수준이었고, 문맹률은 세계 최고 수준으로, 우린 정말 가난하고 불쌍한 나라의 국민이었습니다. 그런 우리들의 수준에서 당시의 이런 대형 고급 뷔페식당에 들어섰다고 생각해 봅시다. 순간, 우리네 장병들로서는 꿈속에서조차 상상도 못 할 아주 초호화판의 환상적 식당으로 보였을 수밖에 없었습니다. 난생 처음 보는 각종 고기 요리와 생선 요리들 종류만도 수십여 가지씩에, 케이크에, 가지각색의 빵이며, 이름도 모를 별 희한하고 휘황찬란한 요리들이 아주 끝이 안 보일 정도로 즐비하게 진열되어 있었습니다. 이 광경에 눈이 번쩍 뜨이지 않을 한국군 병사들은 아마도 없었을 것입니다.

그때부터는 아주 황홀감에 빠져, 낮이고 밤이고 마냥 입맛대로 퍼먹어 댔습니다.

하루에 대여섯 번씩을 드나들며, 걸신들린 사람들처럼 엄청

퍼먹어 댔으니, 외국 병사들의 눈에 우리의 그 모습이 과연 어떻게 비추어졌을지 가히 상상할 만합니다.

당시 우리 군대에서는 보리밥마저도 맘껏 못 먹어, 허기가 져서 탈영하던 병사들도 많았던 시절이었습니다. 기름진 고기를 평생 처음으로 그렇게 마구마구 며칠씩 엄청나게 퍼먹다 보니, 입에서는 고기 노린내가 물씬 풍겨나고, 고기는 쳐다보기조차도 싫어서 질리게 되었습니다.

옛말에 고기도 먹어 본 사람이 먹는다고 했는데, 무슨 말인지 실감이 났습니다.

그럴 때 생각나는 것이 무엇이겠습니까? 된장찌개에 김치, 고추장들이 눈앞에서 어른거리는 것이었습니다. 이런 사실을 잘 아는 우리 여행 장병 호텔식 숙소에서 룸서비스 하는 하사관 직원들은, 어디서 구했는지 삼양라면을 쌓아 놓고 장사를 하기도 했습니다.

당시 우리나라에서 판매되었던 삼양라면의 모습

그래도 그때는 그나마 칼칼했던 삼양라면의 맛이 당시 우리의 속을 잠시나마 개운하게 잘 씻어 주곤 하였습니다.

전쟁 중 특별 고국 휴가 20일
— 즐거운 추억

　그곳에서 며칠 묵은 후, 비행기를 타고 오키나와를 잠시 거쳐 오산비행장에 내렸습니다. 그곳에서 군용 버스로 다시 서울 동작구 동작동 국립묘지로 이동해, 참배와 분향을 마치고 용산역에 내렸습니다. 버스에서 내리기 직전에는 그동안 베트남에 파병되어 강제로 적금 되어 왔던 해외 파병 수당 통장을 받았습니다. 통장을 보니 상업은행으로 되어 있기에 은행 가서 현금으로 모두 인출하였더니 돈이 한 보따리가 되는 것이었습니다. 당시엔 가장 큰 금액의 지폐가 세종대왕 초상의 일금 천 원권이었으니, 10만 원이면 천 원권 1,000장이요, 100장씩 묶음이 열 묶음이었습니다. 그래서 작은 가방을 하나 사서 현금을 담았습니다. 백마부대 마크에 군용 더플백을 메고 은행에서 나오니, 우선 용산 헌병 초소의 헌병 하나가 다가와 정자세로 경례를 하며 반색을 하였습니다.

"충성! 물 건너온 양담배 하나만 부탁드리겠습니다!"

웃으면서 양담배 한 개비를 빼어 주니, 한 갑을 다 주면 안 되겠냐고 사정을 하는 것이었습니다. 주었냐고요? 미쳤습니까, 물론 안 주었습니다. 당시 나의 소속은 대한민국이 아니고 주월 한국군사령부 소속으로 잠시 휴가차 나왔을 뿐, 다시 베트남 전선으로 귀대해야 하는 얼굴 까만 훈장 탄 특별한 용사가 아닙니까. 까짓 헌병 하나 따위가 제 눈에 들어나 오겠습니까!

그날이 1972년 11월 12일, 시간은 저녁 7시경, 인천 집에 도착하여 대문을 두드리니 어머니께서 맨발로 뛰어 나오셨습니다. 당시 우리 동네에서 베트남에 파병된 사람들 중에, 두 사람이나 전사 통지를 받았고, 더군다나 나 말고도 바로 밑 친동생이 함께 백마부대에 파병되어 있었기 때문에, 부모님의 걱정은 그야말로 태산 같았고, 가슴이 시커멓게 타 들어가 있는 상태였습니다. 그런 와중에 잠시나마 나의 귀환을 맞았으니 그 얼마나 반가우셨겠습니까.

어머니께서는 이미 준비해 놓으셨던 상을 들고 들어오셨습니다.

내가 먹고 싶다고 했던, 그 얼큰하고 시큼한 김치찌개, 그것도 돼지고기를 듬뿍 넣은 것을 내 오셨습니다. 어머니께서 손

수 해 주신 그때 그 음식! 지금도 기억이 생생할 정도로 정말 기가 막힌 맛이었습니다!

당시 야전용 전투식량
휴지, 커피, 프림, 설탕, 코코아, 담배, 성냥 등도 보인다.

부모님께서는 베트남에서부터 메고 온 더플백에서 꺼낸 야전 전투식량 C 레이션을 드시면서 "참으로 맛도 희한허구만—"을 연발하셨습니다. 내가 가져온 양담배 그리고 카메라, 라디오 등을 살펴보며, 밤새는 줄 모르고 이야기꽃을 피웠습니다.

아버지와 저는 술상에 마주 앉아, 주거니 받거니 날 새는지 모르게 마셨습니다.

귀하고 비쌌던 양담배도 가득 안겨 드렸습니다.

당시는 밤 12시가 되면 통행금지가 있었으며, 통금을 위반하면 벌금이나 구류에 처해 졌습니다. 또한 양담배를 피우다가 걸리면 엄청난 벌금이 있었던 시대였습니다.

아마도 지금 가격으로 치자면 몇십만 원의 벌금이 나올 정도로 엄격히 단속을 하고 있었습니다. 국내에 외화가 귀하고 귀하다 보니, 당시로서는 당연한 정책이 아니었나 생각됩니다. 하지만 나는 20일의 휴가가 끝나면 다시 베트남으로 돌아가야 하니, 당연히 외국인과 동일한 대접을 받았습니다. 경찰 앞에서 양담배를 피워도, 통금을 위반해도 단속 대상에서 제외되었던 것입니다.

휴가 이튿날 동네 친구가 찾아왔습니다.

훈장을 받고 전쟁터에서 휴가를 왔으니 궁금한 것이 엄청 많았나 봅니다.

하지만 악몽 같았던 전투 이야기에 관해 물으면 당시에는 나도 모르게 울컥하고 화를 크게 내곤 하였습니다. 나는 어렸을 때 성격이 활달해서 동네에서는 별명이 '까불이'였으니, 웬만하면 친구들에게 화를 내는 일이란 없었는데 말입니다.

동네에서 불리던 '까불이'란 별명 이야기가 나왔으니, 나의 어렸을 때 까불이, 아니 망나니 같았던 행동에 대해 생각나는 추억이 있어 몇 가지만 말씀드리기로 하겠습니다.

내가 어렸을 때부터 저의 집 앞마당에는 화초와 더불어 박하 향의 원료로 쓰이는 박하가 심어져 있었습니다. 이 박하 잎을 하나 따서 똘똘 말아서 친구들 뒤로 다가가서 콧구멍에 쑤셔 넣고는 재빠르게 도망을 가곤 했었습니다. 친구들이 독한 박하 향에 눈물을 찔끔 흘리는 모습이 재미있어서 그런 장난을 많이 쳤었는데, 한번은 어떤 친구가 코피를 흘리는 것을 보고는 크게 놀라서 그때부터 그 장난을 그만두었습니다.

그러다가 또다시 장난기가 발동되어서 생각해 낸 것이 쐐기풀이었습니다.

이 쐐기풀의 잎은 잘라 버리고, 줄기를 꺾어서, 그 줄기를 가지고 친구들에게 다가 가서 코 밑에 대고 냄새를 맡아 보라고 합니다. 영문을 모르는 친구의 코 밑을 그어서 따갑게 하는 장난을 쳤었습니다. 그런데 그 이튿날 어느 친구 하나가 코 밑에 가로로 길고 붉게 자국이 나 있는 것을 보고는, 놀라서 다음부터는 그 장난도 그만두었습니다.

이런 초등학교 때의 장난기와는 다르게, 그때 특별 휴가 때는 정말 별나고, 재미있는 장난을 했던 추억이 있습니다. 친구 중에 성격이 너무도 온순해서, 술이나 담배라고 하면 깡패들이나 하는 것이라며, 술은 입에도 대 보지도 않은 동네 친구가 특별 휴가 3일째 되는 날에 집으로 찾아왔습니다. 그를 보자 또 까불이의 장난기가 발동되었습니다.

"야, 친구야. 내가 베트남에서 아주 특별한 차를 가지고 왔는데 한번 마셔 보겠나? 그 차를 마시면 아주 기분이 좋아지는 그런 차인데, 내가 특별히 너에게 한 잔 만들어 줄 테니 조금만 기다리게."

그리고는 그 친구를 내 방에 앉혀 두고, 부엌으로 가서 차 잔에다 오렌지 주스 가루와 커피 가루와 설탕을 넣고, 끓는 물을 부어 저은 다음에, 그 위에 도라지 위스키 한 잔을 타서 기다리는 친구에게 가져다 주면서 이렇게 말했습니다.

"이 차는 아라비아에서 만들어진 차인데, 맛도 신비롭지만, 마시고 나면 기분이 아주 좋아지는 '아라반'이라고 하는 아주 특별한 차란다."

그 친구가 찻잔을 받아 냄새를 맡으며, 한 모금 마셔 보고 하는 말이, "우리 누나는 영국군 부대에, 형은 미군 부대에 다녀서, 외국 차는 엄청 많이 마셔 봤는데, 이런 이상한 맛의 차는 처음이구나! 그런데 정말 이 차를 마시면 기분이 좋아질까?"

하면서 계속 마셨습니다. 차를 마시던 그 친구의 얼굴이 점점 벌그스름하게 변하는데, 그 친구 하는 말이 정말 걸작이었습니다.

"하— 정말 세상에 이렇게 기분이 좋아지는 차는 난생 처음이다! 어떻게 이런 차가 다 있단 말인가? 정말 신기하다!"

이후 그 친구 술을 배웠을까요? 물론 그 후로 그 친구는 당연히 술을 마시게 되었습니다. 칠순이 넘은 지 오랜 지금도, 그 친구와 만나서 한잔하다 보면, 그때 그 시절 아라반 차 이야기를 떠올리며 같이 한참을 웃고는 한답니다.

도라지 위스키
최백호의 노래 「낭만에 대하여」를 듣다 보면 늘 그때 그 추억이 떠오른다.
당시 다방에서 '깡티'나 '위스키티' 잔술로 판매했다.

휴가 4일째 되던 날은, 내가 베트남 파병되기 전까지 강원도 철원 6사단에서 같이 근무하던 동기뻘 되는 친구를 만났습니다. 정겨운 전우로 계속 편지를 주고받던 터였는데, 마침 우리 둘의 휴가기간이 겹치게 되어, 이날 서울에서 미리 만나기로 약속을 하였던 상태였습니다. 만사 제쳐 놓고 약속 장소로 달려갔습니다.

반가움에 얼싸안고, 두세 번쯤 돌지 않았나 모르겠습니다.

소주 한잔하려고 꽃게 매운탕집에 들어갔더니, 이 친구 하는 말이 "어이쿠! 세상에 이렇게 징그럽고 괴상하게 생긴 것을 어떻게 먹는단 말이냐? 난 세상에 태어나서 이런 건 처음 본다. 정말 희한하게 생겼구나!" 하면서 내 팔을 잡아 끌고, 문을 박차고 나오는 것이었습니다. 가만히 생각해 보니, 나는 고향이 인천이고 그 친구는 바다가 없는 충청북도 충주가 고향이었으니, 그 당시만 해도 충청북도에서 해물을 접해 보기란 쉽지 않았을 것입니다. "그럼 뭘 먹고 싶은데?" 하고 물으니 짜장면을 먹겠다기에, 점심을 짜장면으로 때우고 이태원 소방서가 있는 뒷골목으로 데리고 갔습니다.

그 골목에는 당시 노점 장사 아줌마들이 쪼그리고 앉아서 멍게와 해삼을 팔고 있었습니다. 점심도 먹었으니 우리 여기서 소주나 한잔하자 하며 40센티미터 정도 높이의 나무 의자를 그 친구에게 내밀었습니다. 이 친구 이 해삼을 보더니 대뜸 하는 말이 "야, 원호야. 이 징그럽고 게다가 살아 있는 걸 날로 먹는다는 거야?" 하며 손을 내젓는 것이었습니다.

"그럼! 이거 맛도 좋지만, 몸에도 기가 막히게 좋은 거란다. 그래서 이름도 해삼인데, 땅에서는 인삼, 바다에서는 해삼이라고 하는 거지. 중국에서는 이것을 최고의 보약으로 친다고 하더라." 하였더니, 그 친구 '옳다구나' 생각을 하였는지, 눈을 번쩍 치켜 뜨며 "야 그럼 한번 먹어 보자!" 하며 동의를 하였습니다.

그래서 소주 한 병에 해삼을 시켰더니, 그 친구 게 눈 감추듯 해삼을 후다닥 먹어 치웠습니다. 그다음엔 다시 멍게를 시켰습니다. 멍게를 먹다가 멍게 눈이라고 하는 껍질 꼬투리를 집어 먹어 보더니, 다시금 나에게 묻는 것이었습니다.

"야, 그런데 이건 왜 이리도 질긴 거냐? 씹히지가 않는데?" 하는 게 아닙니까?

하도 어이가 없어서 대뜸 농담으로 "야, 이건 배 속에 들어가서 한참을 지나서야 녹는 거야. 그러니 자꾸 촌스럽게 굴지 말고 그냥 삼켜 버려. 바로 그게 몸에는 최고로 좋다는 것이니까!"

농담한 것을 진짜로 믿은 그 친구는 그 멍게 꼬투리를 소주 한잔과 같이 꿀꺽 넘기더니, 다른 것들도 조금 씹다가 넘기기를 계속하는 것이었습니다.

내가 하도 어이가 없어서 맥 놓고 그를 쳐다보고 있노라니, 앞에 앉아 있던 아줌마가 그것을 보고는 참다 못해 웃음을 터

뜨리는데, 그 웃음소리가 정말 가관이었습니다! 그 친구 천진
난만하기도 했지만, 양반 중에 양반이라고 하는 충청북도 내
륙 출신이어서, 당시 해산물을 처음 접해 보는 사람들로서는
있을 수 있는 재미있는 에피소드였습니다.

그렇게 휴가 며칠 동안은 찾아오는 친구들에 사촌이며 친척
등과 종횡무진 정신없이 퍼마시며 거리마다 헤집고 돌아다녔
습니다. 당시에는 백마 마크를 달고 거리를 나서면, 모두가 우
러러보는 자랑스런 대한민국의 멋진 사나이였으니까요.

그해는 11월 중순인데도 유난히 눈이 많이 쏟아져 내려, 산야
와 거리가 온통 하얀 솜사탕으로 뒤덮인 세상 같았습니다. 아마
20~30센티미터 이상은 족히 내린 듯 보였습니다.

11월 중순임에도 눈이 엄청 많이 내렸습니다.

전쟁 중 특별 고국 휴가 20일
— 솔이 엄마와의 시간

문득 매일 술이나 마시고 아까운 하루하루를 허송세월해서는 안 되겠다는 생각이 들어, 다음 날부터 사촌들이나 친구들을 좀 멀리하기로 하고, 핑곗거리를 만들어 그들과 담을 쌓았습니다. 우선 술에 찌든 컨디션을 어느 정도 정상으로 돌려놔야 하니까 아무 곳에도 가지 않고, 집에서 하루 온종일 푸욱 쉬었습니다.

그동안 보고 싶었던 솔이 엄마도 만나 보아야 할 것 아닌가 라는 생각에서 였습니다. 내 얼굴이야 원래 베트남의 태양열에 한껏 태워져 새카만 이 병장이지만, 그래도 술에 찌든 모습만큼은 안 보여야 될 것 같아서였습니다.

고대하던 '솔이 엄마'를 드디어 처음 만나다

정신이 좀 들자 우선 우리 솔이 엄마에게 전화로 방문 약속을 하였습니다.

그리고 이튿날, 몸 매무새를 잘 다듬고, 약속 시간인 오후 4시에 맞춰, 솔이 엄마가 사는 집으로 찾아갔습니다. 궁금하기도 하였지만, 멋쩍고 어설픈 마음인지라, 솔직히 당시의 발걸음은 좀 떨렸지 않았나 하는 생각이 듭니다.

드디어 큰 대문을 두드렸습니다. 활짝 열고 반갑게 맞아 주는 솔이 엄마를 향한 나의 시선은, 엄청 바쁠 수밖에 없었습니다. 솔이 엄마에 대한 모든 것이 궁금했던 차에 낯선 얼굴과 집을 대하니 얼마나 신기하고 새롭게 느껴졌겠습니까?

앞마당으로 막 들어서니, 먼저 눈에 확 들어오는 모습이 있었는데, 바로 소나무 서너 그루였습니다. 아하! 이 앞마당에 있는 소나무의 솔잎이 바로 나에게 보내 주던 그 솔잎이었구나! 이 솔잎을 따서 그리도 정성스럽게 편지 봉투 속에 넣어 내게 보내 주었단 말이던가?

이런 생각에 젖어든 것도 잠시, 솔이 엄마 안내에 따라 안으로 들어가려고 보니, 안에는 두 명의 솔이 엄마 학교 친구들이 또한 나를 기다리고 있는 것이었습니다. 내가 들어서자 그분들도 나를 보기 위해서 많이도 기다렸다는 듯이, 환한 얼굴로 반갑게 맞아 주는 게 아닙니까!

원래 내가 방문할 때 가까운 친구 둘이 같이 기다리겠다고 하였으니, 예상치 못한 상황은 아니었습니다. 그런데 나 자신은 혼자이고 초면인 데다가, 아가씨들은 세 사람인데, 모두가 나만을 주시하고 있으니 그 자리가 얼마나 어설프고 어색했겠습니까? 뚫어져라 쳐다보는 세 명의 아가씨들 앞에선 나는 시선을 어디에 두어야 할 지 모르고, 혹시 내가 떨고 있는 건 아닌지 걱정되어 진땀이 나는 것 같았습니다.

그러는 사이에 약속의 그 동태찌개가 준비되어 놓여진 상차림이 보였습니다.

앞에서도 말했듯이 솔이 엄마의 고향, 즉 부모님 사시는 곳은 서산이었고, 이곳 인천에서 솔이 엄마는 마당도 넓고, 규모가 조금 큰 편인 옛날 기와집 한편에서 전세를 살고 있었습니다. 집 오른쪽 끝 쪽에 그리 작지 않은 부엌과 방 하나가 있는 독채의 가옥이었습니다. 그 방 한가운데에 차려진 음식상 위에는 약속했던 막걸리까지도 올려져 있었습니다. 솔이 엄마가 가리키는 지정석에 내가 먼저 앉자 모두가 따라서 앉았습니다. 이제 통성명을 할 시간이었습니다.

나도 그렇지만, 그 아가씨들도 엄청 기다리고 있었으니, 궁금한 점 또한 많았을 것입니다. 나는 얼른 다시 일어나서 인사를 하며, 자기소개를 간단히 하고, 베트남에서 가져온 샤넬 향수 한 병씩을 건넸습니다. 그리고 솔이 엄마에게는 파카 만년 필 한 자루를 별도로 건넸습니다.

막상 자리에 앉고 보니 서먹하고 조심스러워, 어떻게 시간을 보냈는지 잘 기억나지 않을 정도입니다. 이 아가씨들은 내 사진도 여러 장 보고, 나에 대한 것을 솔이 엄마한테 조금씩은 들었겠지만, 나는 이 사람들을 처음 보는 것이었으니까 말입니다. 어쨌거나 오래 있다 보면 실수라도 할까 봐서, 다음을 기약하고 바쁘다는 핑계로 일찍 일어났었던 것 같습니다.

그 자리에서 한 얘기 중에 지금까지도 잊혀지지 않고 기억에 남아 있는 것이 하나 있습니다. 그녀들이 간호대 학생들이다 보니, 내가 평소 궁금했던 것들 중에 그날 그녀들에게 물어봤던 것이 딱 한 가지 있습니다.

나의 질문은 "남자인 나도 환자의 몸에 주삿바늘을 찌르라고 하면 겁나서 못 할 것 같은데, 여리게 생긴 아가씨들이 주사 놓으시는 것을 보면 아주 대단하다는 생각이 듭니다. 느낌이 어떻습니까?" 라고 했습니다.

그랬더니 그 아가씨들이 하는 말이, "그렇기 때문에 교수님 말씀이 주사 놓을 팔을 사람의 팔이라 생각지 말고, 그냥 굵직한 김장 무라고 생각하고 찌르라고 하셨지요. 저희도 처음엔 벌벌 떨리기도 하였지만, 한두 번이 지나면 그 후로는 아무것도 아니에요."라고 하는 것이었습니다. 그때 들은 대답은 지금까지도 내 머리 속에 깊은 추억으로 남아 있습니다.

그렇게 진땀까지 흘리며 겪은 상견례의 시간은 왜 그리도 시간이 길게 느껴졌는지 모르겠습니다.

솔이 엄마와의 첫 만남을 그렇게 끝내고 돌아오는 길에, 이틀 후에 우리 둘만 다시 만나기로 그녀와 약속을 잡았습니다.

처음 본 솔이 엄마는 귀엽고 애교스러운 자태에 목소리도 여성스럽고 고우며 항상 잘 웃는 발랄한 스타일의 성격이었기에 저는 그 모습이 너무도 좋았으니까요!

인천역과 그 맞은편의 차이나타운 입구

이틀이란 긴 시간이 지나고 드디어 우리 단둘만의 데이트를 함께하기로 한 그날이 돌아왔습니다. 인천역에서 오후 3시에 만나 차 한잔하면서, 데이트 코스로 맥아더 장군 동상이 있는 자유공원을 목적지로 하고, 우린 다정하게 차이나타운의 가운데 길을 택하여 천천히 걸어 올라가고 있었습니다.

중국 빵집 '공갈빵'의 실태

차이나타운 거리를 걷다가 보니, 군입대 전에 한번 가 봤던 아는 중국식 빵집이 보이는 것이었습니다. 나는 이 중국식 빵도 좋았지만, 그보다도 이 집에 가면 보리차 대신 내어주는 중국의 재스민차를 더 좋아하였습니다. 지금은 흔하게 구입할 수가 있지만, 그때는 이런 곳 아니면 그런 차의 맛을 보기가 힘들었습니다.

그래서 나는 "이 집에서 빵을 조금 맛보고 올라갑시다, 이 중국 빵집의 엽차 맛이 아주 그만이거든요. 그런 후 다시 자유공원에 올라갔다가, 공원에서 내려올 때는 이 동네 중국 식당에서 저녁 식사를 하기로 하면 어떨까요?"라고 했습니다.

솔이 엄마가 쾌히 승낙을 하였습니다.

점심시간이 지나고, 저녁 식사 시간이 되기는 아직 이른, 어중간한 시간이라 손님은 우리 두사람 뿐이었습니다. 의자에 앉으면서 나는 제일 먼저 가져다주는 따끈한 엽차, 그 재스민차를 기대하였습니다. 그런데 그 중국 빵집 주인이 가져다 주는 엽차는, 내가 오래간만에 다시 마시고 싶어 했던 그 재스민차가 아니라 보리차였습니다. 입대하기 전에 마지막으로 마셔본 그 맛과 향기에 대한 기대가 물거품처럼 사라지는 순간이었습니다.

"아니 전에는 엽차를 재스민차로 주시더니 왜 오늘은 그냥 보리차를 주시는 겁니까?" 하고 무척 실망스런 표정을 지었더니, 그 주인장이 하는 말이 "중국에서 그 차 재료값이 너무 많이 올라서 이제 그걸 못 드리겠네요." 하는 것이었습니다.

아가씨까지 대동하고 온 마당에, 그렇다고 그냥 나갈 수는 없었기에, 그냥 체면상 빵을 조금 시켜서 먹었습니다. 그런데, 잠시 후 어떤 50대의 아저씨가 들어 오셔서 빵의 진열장을 한참을 둘러보시더니, 진열장 안에 있는 어떤 빵을 가리키면서 얼마냐고 묻고 나서는, 두 개를 포장해 달라고 하는 것이었습니다.

당시는 짜장면 한 그릇값이 60원 하던 시절이고, 그 아저씨가 시킨 빵은 20원가량 되었던 것으로 짐작됩니다.

그런데 사실 이 아저씨가 산 빵은 겉은 엄청 크게 보이지만, 속은 완전히 텅텅 빈 종잇장처럼 가벼운 일명 공갈빵이란 것이었습니다.

요즘 사람들은 그냥 맛으로 먹으니까 별문제가 없지만, 그때 당시는 농민과 노동자, 아니면 소상공인이 대부분인 시대였고, 굶어 죽는 사람도 있었던 시절이라, 맛보다는 우선 배를 채우기에 급급하던 그런 시절이었습니다. 그 아저씨는 진열장 안에 빵이 커 보였으니까, 배고픔을 때우려고 시켰던 것 같았습니다.

그런데 건네주는 빵 봉지를 움켜잡는 순간, 속에 든 이 공갈빵이 부서지는 것 같았나 봅니다. 너무도 가벼운 빵 봉지를 열어 본 아저씨는, 빵이 종잇장처럼 얇고, 속은 텅 비어 있었으니, 놀라다 못해 대단히 화를 내시는 것이었습니다.

주인장에게 이런 사기꾼이 어디 있냐면서, 먹는 것 가지고 이따위로 사기나 치면 되느냐, 이따위로 장사하지 말아라, 하면서 그냥 놓고 나가는 것이었습니다.

그 중국인 주인은 어눌한 한국말로 돈은 내고 가야 한다며, 아저씨를 가지 못하게 붙잡는 촌극이 벌어졌습니다. 희극이라기엔 너무도 슬픈 비극의 한 장면을 보는 것 같았습니다.

깨진 빵을 보면, 위 사진처럼 종잇장처럼 얇고, 안에는 흑설탕이 들어 있어서 바삭하고 단맛이 나는 빵으로, 지금도 차이나타운 빵집에 가면 젊은이 들이 즐겨 찾는 일명 공갈빵이었던 것입니다.

그런 와중에 우린 나와서 다시 인천 자유공원으로 향했습니다.

맥아더 장군 동상이 우뚝 솟아 있는 그곳에 올라서 보니, 한쪽으로는 멀리 바다가 보이고, 또 한쪽으로는 인천 시내가 한눈에 들어오는 것이었습니다.

한 바퀴를 대충 돌아보고는 공원 바로 옆 아래에 있는 인천박물관 구경도 했습니다.

이 인천박물관 건물은 우리나라에서는 최초로 지어진 양옥 건축물로서, 처음에는 프랑스 대사관으로 사용하던 건물이었다고 합니다.

인천 자유공원의 맥아더 장군 동상

지금 같으면 커피숍이라도 흔하게 있겠지만, 그때는 공원에서 음료수라도 마시려 한다면, 공원 매점에서 산 음료수를 공원 벤치에 앉아 마시는 것이 일반적이었습니다. 우리도 그날 공원에서 그런 모습으로 시간을 보냈습니다.

당시 인천 자유공원에서
솔이 엄마가 필자를 찍어 준 유일한 사진이다.

둘만의 아기자기한 시간 속에 어느덧 저녁 6시가 되어, 우리는 오던 길을 다시 되돌아가 차이나타운으로 걸음을 옮겼습니다.

공원으로 올라올 때와는 다르게, 인천역 해안가로 내려가는 길은 내리막길이었습니다. 우리는 아주 여유로운 자세로 천천히 걸어 내려가며, 바닷가의 모습도 감상하고, 차이나타운의 유래와 내가 어렸을 때 알던 화교 친구 이야기까지 대화를 이어 갔습니다.

"저는 인천토박이구요, 어렸을 때부터 극장과 시장이 있는 곳 근처가 집이다 보니, 저녁때가 되면 극장 앞마당이 우리들의 놀이터였어요."

"친구 중에 이름이 '뿔라'라는 친구가 있었는데, 처음에는 뿔라가 별명인 줄 알았어요. 그런데 그게 그의 진짜 이름이었더라구요. 그 친구는 화교였던 거지요. 그의 부모님이 중국 식당을 하고 있었는데, 어렸을 적에는 그 친구가 한없이 부러웠었답니다. 저 친구는 그 맛있는 짜장면을 실컷 먹을 수가 있겠구나 하고 생각했으니까 말이지요. 그 친구 집에 놀러 가면 할머니가 계시는데, 할머니의 발이 너무도 작아서 뒤뚱거리며 걷는 것을 보았어요. 옛날 중국 여자들은 발이 크지 못하게 가죽으로 된 덧버선을 신겨서 잘 때도 못 벗게 하였다는 것을 그때 알았습니다. 그러니 옛날 중국의 여자들은 어렸을 적부터 얼마나 고통 속에서 자랐겠어요?"

"그리고 그때는 중국 화교들이 한국 사람들을 아주 가난하고 불쌍한 사람들로 취급해서, 그들만의 소·중·고등학교가 따로 있게 되었다고 합니다."

"지금 가려는 차이나타운도, 처음에는 최고급 요리에 아가씨가 술 시중을 드는 최고급 술집들로 시작이 되었다고 하더군요. 서울에서 접대 차 인천의 이곳을 많이 이용했다고 하더라구요."

그런 얘기들을 솔이 엄마에게 해 주면서 차이나타운으로 향했습니다.

당시로서는 좀 고급스럽기도 하고, 중국 영화 속의 한 장면과 같기도 했던 차이나타운의 규모는 지금의 절반 이하 정도로 매우 작았던 기억이 있습니다.

이런 저런 이야기들을 하다 보니 어느새 차이나타운의 거리에 도달하였고, 나는 그중에 제일 멋있는 집을 골라서 들어갔습니다.

앞장서 가는 중국집 주인의 안내에 따라 2층으로 나무 계단을 걸어 오르는데, 옆에 솔이 엄마가 나에게 나지막하게 말했습니다.

"어휴! 여긴 너무 비싼 데 같은데요?"

내가 안심시키며 말했습니다.

"비싼 곳 아니니까 염려 말아요!"

그 시절에는 중국 음식의 가격은 정부 정책에 따라 일률적으로 정해진 가격을 받아야만 했고, 조사도 심했습니다. 지금

처럼 주인 마음대로 음식값을 올려 받을 수 있는 그런 시대가
아니었으니까 말입니다. 들어가 앉아서 메뉴판을 보고 나는
그냥 짜장면을 시켰는데, 이 솔이 엄마는 아가씨 체면상 짜장
면을 먹기 좀 거북한지 볶음밥을 시켰습니다.

비슷한 분위기의 그때의 차이나타운의 중국 식당 모습

쌀로 만들어 준 그때의 볶음밥

그날 솔이 엄마는 쌀로 만든 볶음밥을 맛있게 먹었습니다.
그러나 그 후로는 아마도 쌀로 만든 볶음밥을 먹기가 쉽지 않
았을 것입니다. 몇 달 후인 1973년 초부터는 정부가 모든 중국
식당에 '쌀밥 판매 금지령'을 내렸기 때문입니다. 쌀밥으로

만들어 파는 볶음밥을 한동안은 다시 맛볼 수가 없게 되었던 것입니다.

지금 생각해 보면 참으로 기가 막힌 일이지만 그건 사실이었습니다.

그때 당시 인천에는 연안부두도 없었고, 횟집도, 고깃집도 흔히 있는 시대가 아니었습니다. 돈이 있어도 흰 쌀밥을 지금처럼 마음대로 사 먹을 수가 없었던, 정말 빈곤한 시대였던 것입니다.

이는 분식을 장려한다는 정부 계획과도 맞물리지만, 꾸준히 이어져 온 화교 차별 정책의 연장선이기도 하였다고 볼 수 있습니다. 조사와 검열이 엄청 심해지자, 밀가루를 밥알처럼 떼어 내 말린 다음, 다시 쪄서 볶음밥으로 만들어 팔았었다고도 들었습니다.

이후 솔이 엄마와 세번째 만난 곳은 인천에서 당시 제일 번화가였던 동인천역 앞이었습니다. 당시 유행이었던 음악다방에서 '펄 시스터즈'의 「커피 한 잔」, 「님아」 등을 들으며 시간을 보내기도 하고, 신포동에 가서 녹두빈대떡도 같이 먹으며 즐겁고 행복한 시간을 보냈습니다.

당시 인천 키네마 개봉 극장에서 〈벤허〉가 상영되고 있었습니다. 들어갔더니, 사람이 얼마나 많았는지 앉을 자리는 고사하고, 서서 발 디딜 틈조차 없었습니다. 너무나 고생스럽게 보아서 그랬는지, 아님 솔이 엄마에게 신경을 써서 그랬는지, 아무튼 그 당시 보았던 영화 내용에 대해서는 기억나는 게 없었습니다.

그렇게 즐겁고 행복한 시간들을 보내다 보니, 20일이란 휴가는 아주 순식간에 흘러간 듯하였습니다. 아쉬움이야 이를 데 없었지만, 부모님과 솔이 엄마를 뒤로한 채, 친구의 배웅을 받으며, 약속된 일시에 용산역에서 기다리고 있는 오산비행장행 군용 버스에 올랐습니다.

친구 '김종옥'의 능청

나를 배웅해 준 그 친구 이름은 김종옥이었습니다. 이 여자 이름 같은 '김종옥'때문에 잊지못할 에피소드도 있었습니다.

우리 분대에서 내게 오는 편지에 특히 더 열을 올리며 뺏어보려고 하던 부분대장 길칠성이란 친구가 내게 물었습니다. '김종옥'이 누구냐고 말입니다.

그래서 그냥 내 친구라고 했습니다. 부분대장은, 그럼 너는 솔이 엄마가 있으니까, 종옥이란 아가씨는 자기에게 소개시켜 달라는 것이었습니다.

내가 그 친구는 여자가 아니고 남자라고 하였지만, 부분대장은 내 말을 믿지 않고 끝까지 소개해 달라고 보채기에, 하는 수 없어 주소를 가르쳐 주었습니다. 그러고는 '김종옥'이란 친구에게 자초지종을 적어 보내며, 네가 알아서 처리하라고 했더니, 그 친구 하는 말이 "허— 그 참 재미있겠다."라고 하는 것이었습니다. 김종옥은 여자인 척하고 귀국할 때까지 간헐적으로 부분대장이랑 편지를 주고받았습니다.

인천에서 용산역까지의 김종옥이란 친구의 배웅

이 희극적 연애 편지가 잠시나마 길 병장을 즐겁게 해 주었고, 그 결과 부분대장 길 병장과 김종옥 그 친구는 우리가 전역하고 난 이후에도 가끔씩 만나는 친구 사이가 되었습니다.

다시 베트남으로
― 부대로 복귀하기 전의 베트남 체험

다시 특별 휴가 이야기입니다. 특별 휴가 끝나고, 오산비행
장에 도착해 보니, 마침 가수 나훈아도 위문 공연 차 베트남으
로 가기 위해 출국 시간을 기다리고 있었습니다.

나훈아와 환한 미소를 나누며 대화를 주고받는 아주 어여쁜
아가씨가 있었습니다.

키가 큰 편인 가수 나훈아와는 달리, 키가 작은 듯한 이 아가
씨는 당시 일류 영화배우였던 김지미 씨보다도 더 예뻐 보일 정
도로 아주 미인이었습니다. 동안이라서 그런지는 몰라도 18~19
세 정도로 보였습니다. 그러나 몇 년 후 가수 나훈아는, 자신의
출세를 위해 그랬었는지 아니면 정말 사랑을 해서 그랬었는
지, 이 아가씨를 버리고 일곱 살이나 많은 연상의 여배우 김지
미와 동거를 한다고 하여 그 시대 매스컴을 오랫동안 떠들썩
하게 하였습니다. 그 후 나훈아는 오래지 않아 김지미와도 결

국 헤어지고 말았습니다.

문득 오산비행장까지 배웅 나왔던 그때 그 아가씨 생각이 났습니다.

나훈아의 최초 히트곡 「사랑은 눈물의 씨앗」의 가사가 떠올랐습니다. 그의 히트 곡 중에 1983년도에 발표된 「18세 순이」라는 노래도 있었습니다. 다른 사람들은 잘 모르겠지만, 나는 그 노래를 들었을 때, 그 노래 주인공이 아마도 오산비행장에 배웅 나왔던 그 아가씨가 아니었을까 하는 생각이 들었습니다.

어쨌든 오산비행장에서 같은 비행기에 탑승했던 나훈아는 아직 군에 입대하기 전이었지만, 나이는 나보다 한 살이 더 많은 23세였습니다.

기내에 탑승을 하고, 이륙을 하고 난 이후, 앞쪽에 여승무원들이 모여 떠들썩하기에 살펴보니, 나의 세 줄 앞자리에 앉은 나훈아에게 여승무원들이 모여들어 사인 공세에 정신들이 없는 것이었습니다.

나는 그런 모습에는 아무 관심이 없었습니다. 오로지 지난 20일간의 아쉽고 아름다웠던 추억들만이 눈에 어렸습니다. 그런 감흥에 젖어 있는 듯싶었는데, 어느새 우리는 사이공공항(지금의 호치민공항)에 도착을 하게 되었습니다.

나는 휴가 출발 전에 기거했던 공항 옆 국군 장병 호텔식 숙소로 곧바로 다시 들어갔습니다.

보안대원과 다시 만나다

무엇보다도 우선 이곳 사이공에서 고국으로 출발하기 직전에 나에게 비밀리에 부탁 하나를 했던 보안대 정보원을 만나야 했습니다. 그 보안대원이 내게 부탁한 것은, '한국에 도착하게 되면, 서울 구파발에 사는 자기 부인에게 전화를 해서 일단 만나라. 만나게 되면 100불짜리 다섯 장을 줄 것이다. 이것을 전달받아 『선데이서울』 주간지 속에 몰래 숨겨 갖고 와서, 본인에게 전달해 달라'는 것이었습니다.

가장 큰 문제는 공항 검색을 어떻게 감쪽같이 통과해서 이것을 전달해 줄 것인가 하는 것이었습니다. 한국에서 이곳으로 오기까지 공항 검색에 걸리지 않으려고, 나는 『선데이서울』 주간지 책갈피에 100불짜리 한 장씩을 깊이 끼워 넣은 후에, 양쪽의 책장을 풀로 살짝 붙여, 흔들어도 빠지지 않게 감쪽같이 위장했습니다. 그리고 떨리고 긴장한 상태로 오산비행장 검색대 앞에 섰습니다.

검색 담당자들은 다른 것은 대충 뒤적여 보고 말더니, 내가 귀대 후, 전우들과 나누어 먹으려고 꽁꽁 싸 놓았던 마른 오징어 보따리는 놓치지 않았습니다. 열어 보더니 대뜸, "어이구 이 병장님 맛있는 거 가지고 가시네요, 미안하지만 이거 세 마리만 부탁하면 안 될까요?" 하는 것이었습니다. 오징어 한 축이 스무 마리이니까 세 마리 빼도 열일곱 마리는 남는다 싶어 "아 그럼요, 수고하시는 분들과 나누어 먹어야지요." 했습니다. 그 마른 오징어 세 마리 덕분인지는 몰라도, 그 문제의 주간지는 무사히 가져와 건네줄 수가 있게 된 것이었습니다. 당시 국내에서는 '외화'가 엄청 귀하고 부족했기에, '외화' 유출을 엄격 단속하던 시절이었으니 사실 이것 또한 범죄였지만 말입니다.

당시 베트남 파병된 병장의 한 달 해외 파병 수당이 50여불이었으니, 500불이면 아주 크나 큰 돈이었습니다. 1년 근무하면서 술, 담배 등 잡비를 쓰고, 고국 상업은행에 적립되는 1년분의 적금이라고 해 봐야 겨우 300~400불이었으니까요.

그 보안대원은 고마움에 내게 호의를 베풀기 위해 내 두손을 꼭 잡으면서 말하기를, "이 병장 정말 고마웠어. 그리고 애 많이 썼군. 역시 내가 사람 하나는 참으로 잘 본다니까— 이 병장, 지금 이 병장이 부대로 일찍 귀대해 보았자 고생 뿐이지 않나? 그러니까 이곳에서 한 보름쯤 푹 쉬다가 천천히 돌아가시게, 모든 건 다 내가 알아서 작업을 해 놓을 테니까 이 병장은 걱정할 필요가 하나도 없다구, 알겠나?" 하는 것이었습니다.

사이공 휴가?

아니 고국에서 20일간이나 쉬고 왔는데, 이곳에서 보름간의 휴가가 또다시 생기다니, 아니 이런 횡재가 어디 있단 말인가!

감사합니다, 하고 고마움을 표한 후, 그날부터 호텔식 숙소에 있는 다른 사병들과 매일 사이공 거리를 활보하며, 전시의 현역 군인이 아닌 민간인 관광객이나 된 듯이 마냥 관광을 즐겼습니다.

물론 식사까지도 유엔군 최고급 뷔페식당에서, 시간 제한 없이 무료로 맘껏 먹을 수가 있었으니, 호강이 따로 없었습니다. 그런데 이곳은 전쟁 중이었기에 베트남 전역의 통금이 저녁 7시이었지만, 사이공만큼은 통금이 밤 9시였습니다.

당시 베트남의 수도인 사이공 시내에서 제일 높은 건물이 공항 앞에 백화점이 있는 4~5층 건물 정도였고, 보통 단층이나 2층의 열악하기 짝이 없는 건물들이 다닥다닥 붙어 있었습니다.

이렇게 베트콩 게릴라들까지 득실거리는 전시 중의 어수선한 시내 거리를 혼자 다니게 되면, 누가 옆에 와서 권총으로 위협하여 강도를 당하거나, 아님 베트콩에 의해 쥐도 새도 모르게 납치되거나, 총 맞아 죽을 수도 있었기에, 혼자 다니는 것 자체가 절대적인 금기 사항이었습니다.

그러나 통금이 넘은 늦은 밤일지라도, 우리 따이한들에게 만큼은 통금이 전혀 문제 되지 않고 완전 자유로웠습니다. 그곳 경찰들은 우리 한국군들을 보면 한국말로 "안녕하세요!" 하며 인사를 건넸고, 친절히 대해 주며, 안내도 잘해 주었습니다.

사이공 공항 옆 숙소에서 사이공백화점을 지나 도보로 15~20여 분 지나면, 그곳에는 한국군들만 받는 한국군 전용 술집 타운이 따로 있었는데, 이곳에 있는 꽁까이들은 간단한 한국말을 조금씩들은 할 줄 아는 것 같았습니다.

이곳은 예전에 우리나라 미군 부대 근처에 있던, 미군들만 입장시키는 '비어홀'과도 흡사한 바로 그런 곳이었습니다. 들어가서 맥주를 시키고 있노라면, 10여 명이 넘는 베트남 꽁까이들이 우리들을 유혹하느라 여념이 없었습니다. 이 아가씨들에게 팁은 따로 없었습니다, 그래서 이들의 수입원은 잠자리 유혹이었습니다. 그러니 손님을 어떻게 하든 잠자리로 유혹하려고 애쓰는 모습은 정말 장난이 아니었습니다.

술도 같이 마셔 주면서 유혹을 하는 이 여자들의 잠깐 몸값은 1불이었고, 하룻밤 몸값은 3불이라고 하였습니다. 1층은 비어홀 술집이고, 위에 다락방 같은 곳이 있는데, 그곳은 방과 방의 칸막이가 고작 커튼으로 가려져 있으며, 그 덥고 답답한 공간에 선풍기가 하나 돌아가는 그런 풍경이라고 하였습니다.

그런데 그 당시 우리 베트남 파병 병사들 사이에서는 아주 무서운 소문이 돌고 있었습니다. 한국에서 아주 최고의 톱을 달리는 젊은 가수 두 사람이 이곳 베트남에 위문 공연 왔다가, 사이공에서 무서운 성병인 국제 매독에 걸려, 결국 30세도 안 된 젊은 나이에 요절했다는 소문이 파다했던 것입니다.

당시 대부분의 파병 장병들은 신형 성병인 국제 매독에 걸리면 치료약도 없이 거의 다 죽게 된다고 생각하고 있었습니다. 이런 소문은 한국 내에서도 파다했기 때문에 모두가 알고 있었을 것이라고 생각됩니다. 물론 그 당시 매스컴의 보도에 따르면, 그때 요절한 가수들 중 한 사람은 뇌막염으로, 또 한 사람은 암으로 요절한 것으로 알려졌지만 말입니다. 소문은 그뿐이 아니었습니다, 이 사람들 말고도 많은 사람들이 국제 매독으로 죽었다는 소문들이 꽤 설득력 있게 꼬리에 꼬리를 물고 회자되었습니다.

당시 이런 소문에 연루된 유명 가수 한 사람은 「사랑의 종말」, 「그대는 가고」, 「낙엽 따라 가 버린 사랑」 등의 히트곡을 남기고, 1968년 11월 27세의 젊디젊은 나이에 정말로 낙엽 따라 저 세상으로 떠나신 분입니다. 또한 「돌아가는 삼각지」, 「누가 울어」, 「안개 낀 장충단 고개」, 「안개 속으로 가 버린 사람」, 「마지막 잎새」 등을 유작으로 남기신 분도 1971년 11월 초에 29세의 정말로 아까운 나이로 요절하셨습니다.

내가 당시 유혹을 잘 견뎌 낼 수 있었던 것은 "아무렴! 잠깐의 향락과 나 자신의 일생을 바꿀 수는 없지 않겠나!" 하는 각오도 있었지만, 또 다른 한 가지는 들어서는 비어홀 곳곳마다 기분 나쁘게 쾨쾨한 냄새가 났고, 그런 분위기가 더욱 몸을 움츠리게 만들었기 때문입니다.

그렇게 음습한 비어홀이 아니더라도, 사이공 번화가에는 길거리마다 우리가 마실 깡통 맥주가 아주 흔하디흔하게 널려 있었습니다. 우리 따이한 일행들이 길거리를 지나노라면, 베트남 아줌마들이 호객 행위를 하는데, 뭔가 하고 보면, PX에서 흘러나온 엄청 싸게 파는 깡통 맥주들이었던 것입니다.

PVC 줄로 연결된 여섯 개짜리 깡통 맥주 한 묶음씩을 사 들고는, 서너 명이서 사이공 시내 곳곳을 누비며 마셔 대는 것이란 아주 유별난 흥겨움이었습니다.

당시 우리는 전쟁 중의 현역 군인이었고, 베트남은 낯선 외국 땅이었습니다. 잠시나마 묘한 해방감에 마음이 들떠서 사이공 거리를 그리도 헤매고 다녔었던 건 아니었나 모르겠습니다.

나보다 먼저 이곳을 휘집고 돌아다녀 봤다는 녀석들의 말로는, 몸을 파는 여자들 중에는 프랑스 식민지 여파로 생겨난 프랑스 백인 혼혈아, 그리고 흑인 혼혈아까지 있었다고 했습니다. 동참을 하지 않는 나와 또 다른 전우들을 자극하려는 듯이, 이놈들이 별의별 잠자리 얘기에 그리 열을 올리는 것을 보면,

아마도 그들 나름대로의 영웅심리가 작용했던 것 같습니다. 물론 그런 녀석들이 자랑스럽게 떠들어 대는 얘기에 비록 동참을 하지는 않았지만, 우리 모두가 호기심에 귀가 솔깃해 졌던 것은 사실이었습니다.

그렇게 일주일여 시간을 지나다 보니, 관광 재미도 시들해지고, 우리 소대원, 분대원들이 보고파지기 시작했습니다. 그리고 정확히 말할 수는 없지만, 이유 모를 불안감이 내 머리 속에 차오르는 것이었습니다. 그 불안감의 원천은 아마도 내가 관광객이 아니라, 전쟁터에 있는 현역 군인이라는 데 있었던 것이 아닌지 모르겠습니다.

'아, 이제 그만 부대로 복귀하는 게 좋겠구나' 하는 생각에 보안대원을 다시 만났더니, 바보같이 왜 벌써 서둘러 부대로 돌아가려 하느냐고 하며 만류하였습니다. 그의 만류에도 불구하고 나는 그냥 부대로 복귀하였습니다.

중대 본부에 가서 귀대 신고 차 중대장께 갔더니, 중대장께서는 휴가 다녀오는 동안 부탁한 대로 '소원 서류(부대나 상관의 비리 고발장 의무 작성)'를 문제없이 잘 써 줘서 고맙다는 인사를 아끼지 않는 것이었습니다. 이에 나는 포상 휴가 대표로 나만 다녀오게 해 주신 데 대하여, 중대장님께 다시금 감사한 마음을 전했습니다.

그리고 한국에서 가져온 마른 오징어도 나누어 드렸습니다. 오징어는 당시 우리 베트남 참전 군인들에게는 정말 최고의 별미 선물이었습니다. 그리고 귀대 신고식이라도 하듯, 우리 분대원들과도 마른 오징어 구이를 안주 삼아, 맥주와 고량주 파티를 거하게 하며 전우의 정을 나누었습니다.

행운을 부르는 '샐리의 법칙'

동양의 나폴리, 나트랑으로 가다

그렇게 귀대한 지 며칠이 지나서였습니다.

안좋은 일이 생기기 시작하면 계속 악재가 생기게 마련이란 '머피에 법칙'이 있는가 하면, 그 반대의 '샐리의 법칙'도 있습니다. 샐리의 법칙을 따르듯, 행운의 여신이 나에게 또 한 번의 미소를 짓는 것이었습니다. 우리 소대가 동양의 나폴리라 불리는 베트남 최고의 휴양지 낫짱, 그러니까 당시 흔히 나트랑으로 불리는 곳으로 경계근무 파견을 명받게 되었으니 말입니다. 아니 이게 횡재가 아니면 무엇이 횡재이겠습니까?

살벌한 전쟁터에 와서, 그 멋진 휴양지에서 경계근무를 선다?

처음에는 내 귀를 의심할 정도로 믿어지지 않았습니다. 지금으로 비유한다면 아마도 로또에 당선된 것만큼이나 기뻐서 환호성을 올렸던 기억이 생생합니다!

1996년 11월에 다시 찾아가 본, 당시 필자가 파견 근무했던 나트랑의 모습

근무지인 해변가에 도착해 보니, 넓디넓게 펼쳐진 야자나무 그늘 아래, 곱디 고운 모래사장이 햇빛에 눈부시게 반짝이고 있었습니다.

군이 애로사항을 찾으라면, 바람에 날려 다니는 밀가루같이 고운 모래가 늘 밥에 섞여 서걱댄다는 것 정도였습니다.

그곳 나트랑 해변가 모래사장에는 큰 도마뱀도 많았습니다.

꼬리가 안 떨어지는 그 통통한 도마뱀을 잡아, 깡통에 군대 된장을 넣어 끓이면, 술안주로는 별미라면서 잘들 먹었습니다. 그 모습들이 참으로 우습기도 했는데, 지금 생각해 보면, 그것이 진정 맛이 있어서가 아니라, 아마도 삭막한 생활 속에서의 재밋거리가 아니었나 하는 생각도 듭니다.

경계근무 중에 이곳 나트랑 해안가 쪽으로 가까이 다가오는 배라도 있으면, 그 배 위 옆쪽을 향해 소총 한 발씩을 쏘며 경고사격을 하였습니다.

그러면 그 배에 탄 베트남 현지인들은 위쪽으로 총알이 날아가는 '피—웅', '피—웅' 금속성 소리에 놀라 급히 뱃머리를 돌려서 도망가는 것이었습니다. 이럴 때는 절대로 실수하지 않도록 아주 심각하게 정조준을 잘해야 했습니다. 자칫하면 선량한 사람이 다치거나 죽을 수가 있으니까 말입니다.

어쨌거나 이곳에 근무하는 동안은 작전에 참여를 하지 않으니까, 엄청 편한 상태일 수밖에 없었습니다. 그리고 근무지에서 해산물까지도 싸게 구입해서 먹을 수 있으니, 그 얼마나 큰 특혜요, 복이 아니었겠습니까?

인근 마을 구멍가게에 가서 해산물을 부탁하면 우리 부대까지 가져다주었습니다. 그곳 해물들은 모두가 우리 국내 것보다 엄청 크고 실했습니다. 오징어도, 꽃게도 엄청 크고, 조개들도 살이 아주 꽉꽉 찬 큰 것들이었으니, 전쟁 중인 군인들에게는 그 얼마나 큰 행복이었겠습니까?

사 먹은 해물 중에서는 백상합조개라는 것이 있었는데, 껍질이 무척 두껍고, 반들반들 광택이 나며, 알이 꽉 차고 맛이 좋아서 회로 먹어도 그만이었습니다.

또 이것을 잘 씻어서 찜통에 가득 채워 넣고, 다른 것은 아무것도 넣지 않은 채, 물 한 대접만 붓고, 살짝 끓여 주면 짭조름한 조개맛이 아주 일품이었습니다.

물의 양을 잘 맞추는 것이 중요했습니다. 물을 딱 한 대접만 부어야지 조개 맛도 기가 막히고, 마치 막걸리처럼 뽀얗고, 짭조름한 국물이 우러나와, 정말 환상적인 맛이 되는 것이었습니다.

한마디로 요약하면 아주 죽여주는 맛, 바로 그것이었습니다.

한국에서는 무척 비쌌지만, 베트남에서는 상상 외로 싼 값이기에 쉽게 구입해서 먹을 수가 있었습니다.

1972년의 크리스마스 파티

이곳 나트랑으로 파견 온 지 약 보름이 지나니, 어느덧 크리스마스가 다가오고 있었습니다.

넓디넓은 바닷가 안쪽으로 모래사장과 야자수가 길게 펼쳐져 있고, 위로는 태양이 이글거리는 열대지방! 그리고 긴장감 넘치는 전쟁터에서의 시간이었지만, 그래도 피 끓는 젊음과 패기 넘치는 20대 초반의 젊은이들에게, 크리스마스란 것을 그리 모르는 척 그냥 지나칠 수 있는 것이 아니었습니다. 뭔가 뜻 깊은 일을 도모해야만 할 것 같았습니다. 소대장과 선임하사 그리고 분대장 네 명, 모두 여섯 명이 크리스마스 이브 축제 계획을 세우고, 미리 양주와 맥주를 잔뜩 준비했습니다. 드디어 기다리던 1972년 12월 24일 크리스마스 이브, 축제가 시작됐습니다.

하지만, 징글벨 등 크리스마스 캐롤도 없고, 크리스마스트리도 없었습니다. 하얀 눈은 고사하고, 이글거리는 태양 아래, 야자수 그늘 밑에서 크리스마스 기분을 내려니 도저히 흥이 나질 않았습니다.

"에라! 그냥 크리스마스를 기념하는 뜻에서 술이나 마시자!"

그리고는 가져다 놓은 양주를 한 병 따서, 잔에 따라 마시기 시작했습니다.

술을 한 잔 두 잔 아무리 마셔 봐도 맛이 이상했습니다. 양주라고 하면 목 넘김에서부터 탁 쏘는 듯 찐하고 독한 맛이 나야 하는데, 이 양주는 도대체 아무리 맛을 보고 또 봐도 다 디달기만 한 것이었습니다. 술맛이라고는 아주 조금 나는 듯 마는 듯 하고, 엄청 달기만 해서 꿀맛밖에 느껴지지 않는 양주! 이거야 원!

그런데 그건 아주 큰 착각이었습니다. 모두가 엄청나게 취해 버렸습니다. 아주 약한 술이겠거니 하며, 쉽게 생각하고 마냥 퍼마신 게 문제였습니다. 나중에 알아보니 꿀을 섞어 만든 35도짜리 양주(잭 다니엘 허니)였는데, 그 누군들 마셔 보았겠습니까?

모두들 처음 마셔 본 술이니, 그 단맛에 속아 전부가 엄청 취해 버리고 말았던 것입니다.

그걸 마시고 나서, 술이 술을 먹는다고, 박스째 쌓아 놓은 맥주까지 마구 퍼마시고는 모두가 술에 곯아떨어졌습니다. 낮부터 퍼마시기 시작한 술자리는 어두워질 무렵에서야 끝났습니다.

나중에 들으니 흠뻑 취한 나는 어둠이 깔린 나트랑 휴양지 바닷가를 비틀거리며, 실오라기 하나 걸치지 않은 채, 바닷물 속으로 뛰어 들어갔다는 것입니다. 큰일 났다고 생각한 전우들이 억지로 데리고 나와 침대에 눕혔다고 합니다.

그다음 날, 어느 불침번의 말에 의하면, 내가 새벽녘에 벌거 벗은 채로 일어나서, 눈이 반은 감긴 채, 옆 침대로 한 발짝씩 이동하면서, 취침해 있는 전우들 머리를 더듬거리더니, 세 번째 전우의 머리통에다 그만 소변을 보았다는 거였습니다.

아니 세상에 이런 일이! 이거 원 민망해서! 쯧쯔—

그놈의 다디단 양주 덕분에 드디어 엄청난 역사적 실수를 저지르고야 말았습니다.

그래도 불침번이 제대로 보고 있다가 얼른 밀어서 말렸으니 망정이지! 그 친구 자다가 아닌 밤중에 그것도 크리스마스 날 꼭두새벽에 오줌으로 세례를 받았으니 그 얼마나 황당했을까요?

지금도 그 생각을 하자니 옛날 다른 추억들까지도 떠오릅니다. 초등학교 5학년 때, 강화도로 수학여행을 갔었을 때의 일이었습니다. 전등사 근처 여관에서 밤에 잠은 자지 않고, 친구 두 명과 함께 애들한테 불침을 놓고 다니며 장난을 쳤습니다. 그것도 실증이 나서, 나중에는 실을 가지고 다니면서, 자는 녀석들 바지를 내려, 고추와 고추를 연결해 묶어 놓고 다녔습니다.

그런데 손주를 따라 같이 오신 할머니가 자신의 손주 바지를 내리고 고추를 묶는 우리를 보고는, 기겁을 하시며 야단치시기에, 걸음아 나 살려라 하고 도망친 적도 있었습니다. 또 우리 집 안마당에 심어져 있던 박하잎을 따서 냄새 맡아 보라며 콧구멍에 쑤셔 넣는 개구쟁이 노릇도 해 봤지만, 자는 사람 얼굴에 오줌 세례를 날려 보기는 생전 처음이었습니다.

그날 저녁, 그 전우를 비롯해 분대원들 모두에게 사과의 술도 한턱 냈지만, 그날의 그 망신스러웠던 큰 실수는 오늘날까지 아직도 잊지를 못하고 있습니다.

베트남 참전에 대한 미국민의 들끓는 반전 여론

미국에서는 베트남전을 놓고 국민들의 여론이 들끓었고, 극심한 반전 데모가 계속 되었습니다. 이를 더 이상 감내할 수 없는 지경에 이르자, 닉슨 대통령은 키신저 국무장관을 앞세워 휴전협정 가능성을 타진하며, 베트남과 비밀리에 회담을 진행하고 있었습니다. 월맹 측은 미국 여론을 더욱 부채질하기 위해, 베트콩과 함께 계속해서 연일 엄청난 파상 공세를 이어 갔습니다.

미국의 반전 여론에 따라, 거의 일년 전부터 이러한 회담이 계속 이어지는 가운데서도 치열한 전투가 이어지고 있었던 것이었습니다.

우리나라도 6·25 전쟁이 막바지, 휴전협정이 한창 논의될 즈음, 한 치의 땅이라도 더 차지하려고, 또한 협상에 유리한 고지에 서려고, 전투가 제일 극심 했듯이, 월맹군과 베트콩의 기습 또한 엄청났습니다. 월맹 측에서는 미국의 들끓는 반전 여론을 더욱 부채질하기 위해 공세적 전략으로 나오고 있던 것이었습니다.

이렇게 정세가 급변함에 따라 우리 소대도 더 이상 나트랑에 머물며 경계근무만 설 수는 없는 지경이 되었습니다. 우리는 서둘러 다시금 중대 본부가 있는 곳으로 복귀할 수밖에 없었습니다. 그래서 우리의 불안감도 엄청 고조되었을 무렵, 상부에서는 정신 무장 교육 지침을 내려 보내며, 다음과 같은 표어를 적어서, 크고 작은 진지에 부착하고, 숙지시키기에 이르렀습니다.

"우리는 도망갈 곳이 없다, 죽을 곳도 이곳이요 살 곳도 이곳이다."

우리는 도망갈 곳이 없다,
죽을 곳도 이곳이요 살 곳도 이곳이다

'우리가 도망갈 곳은 없다. 살 곳도 이곳이요, 죽을 곳도 이곳이다'라는
표어를 들고 찍은 중대고지에서의 필자 모습

위 사진 속 하얀 표지판에 쓴 글이 바로 그것인데, 햇볕에 반사되어 글자는 안 보이고 그냥 하얗게만 보입니다. 상부에서는 이런 포스터를 초소 곳곳마다 의무적으로 비치하게 하여 정신 무장을 단단히 시키고자 하였습니다.

이는 내가 군에 들어와서 두 번째로 겪는 아주 살벌하고 참담한 분위기였던 것으로 기억됩니다.

이렇게 살벌하고 참담한 분위기를 첫 번째로 겪은 것은 내가 이곳 베트남 전선으로 오기 전 강원도 철원에서 였습니다.

추운 겨울에 6사단 철책선 앞, 독립 중대로 배속이 되어 갔는데, 바로 그 며칠 전에 그곳에서 큰 사고가 있었습니다. 중대원들이 도로 작업을 하다가, 대전차 지뢰를 발견했는데, 그 대전차 지뢰 속에서 장약을 채취하려고 분해하다가, 지뢰가 폭발하여 옆에 있던 열네 명이 전원 사망했다고 합니다. 그 사건 현장 근처 나뭇가지 곳곳에 갈갈이 찢겨진 피 묻은 살조각과 군복 조각들이 걸려 있는 것이었습니다.

6·25 때 설치된 것으로 추정되는 이 대전차 지뢰는 무거운 탱크가 지나가야만 폭발하는 엄청난 파괴력을 가졌는데, 이것을 분해하면 속에는 하얀 백설기나 찰흙같이 생긴 화약이 들어 있었습니다. 이것을 깍두기만큼씩 떼어서 불을 붙이면, 낚시나 캠핑 시 사용하는 야전 연료와 아주 흡사한 연료가 됩니다. 높은 온도로 오래 타기 때문에 라면을 끓이거나 비상 연료

로 유용하게 쓸 수가 있습니다.

이 화약의 화력과 효능은 베트남에서도 증명되었습니다. 크레모아를 분해하여 그 화약으로 분대 막사에서 뭔가를 끓여 먹을 때 사용하면 최고의 연료가 되었던 경험이 있습니다. 물론 뇌관이 뽑아져 있는 상태에서 크레모아를 분해하는 것은 전혀 위험하지 않습니다.

하지만 뇌관을 분리하지 않고 통째로 분해한다는 것은 자살 행위입니다. 야전 연료 용도로 쓰기 위해 그런 녹슬고 오래된 대전차 지뢰를 통째로 분해했다니! 도저히 이해하기 어려운 어리석은 행동입니다.

강원도에서도 춥기로 소문난 그곳 철원 휴전선 지역에 도착하자마자 처음 목격한 모습이 그렇듯 살벌하고 처참한 광경이었던 것입니다.

그뿐이 아니었습니다.

귓가에는 이북 철조망 쪽에서 보내오는 대남 방송 소리가 왕왕거렸습니다.

엄청 시끄럽기도 하였지만, 생전 처음 들어 보는 그 소리 자체가 상당한 불안감덩어리였습니다. 그런 데다가 중대 본부 건물 대문으로 들어서려는데, 그 대문 정면에는 아주 새빨갛고 큼직한 글씨로, "도망병은 민족의 반역자다."라고 쓰여 있었습니다. 이것을 본 나는 머리카락이 곤두서는 듯하더니만,

순간, 군에 입대하기 전까지의 삶이며 생활이 온통 꿈속에서나 있었던 듯하고, 영원히 다시는 못 돌아갈 것 같은 생각이 들었습니다.

'과연 내가 여기서 온전히 살아서 사회로 나갈 수가 있으려나? 얼마나 힘들고 고달프고, 춥고 배가 고팠으면 도망을 갔을까? 도망병이 얼마나 많으면 저런 표어를 써 놓았을까?' 라고 심히 낙심되었던 바로 그때가 불현듯 떠올랐던 것입니다.

바로 1973년 1월! "우리는 도망갈 곳이 없다, 죽을 곳도 이곳이요 살 곳도 이곳이다."라는 표어를 보면서 철원에서의 그때와 흡사한 기분이 들어 너무도 섬뜩하고 참담한 분위기를 느꼈던 것이었습니다.

그 당시의 상황으로 봐서, 만일 우리 중대가 엄청난 기습 공격이라도 당하게 되면 정말 도망갈 곳이 없지 않은가? 내가 과연 무사히 귀국을 할 수나 있으려나, 하는 걱정이 드는 것은 당연했습니다. 적의 공세가 워낙 강했던 시기이기 때문입니다.

탐색 작전을 나갔다가 부대로 귀환할 때에는, 대로변에 죽은 시체가 몇 구씩 보이기도 하였는데, 베트남 사람들은 이런 모습을 하도 많이 봐서인지 개의치 않았습니다. 베트남 사람들의 그런 모습을 보면서, 이 나라 사람들이 길고 긴 전쟁에 얼마나 피폐해졌는지를 짐작할 수가 있었습니다.

당시 베트남 사람들의 피난 행렬의 모습
오른쪽에 한국군의 장갑차가 보인다.

이러니 경계근무는 점점 더 삼엄해지지 않을 수가 없었던 것
입니다.

처음 베트남 땅에 도착하였을 때는 늘 푸르고 따사로운 날씨
에, 삼모작 논농사가 가능한 이 나라 국민들은 얼마나 좋을까 하
는 생각도 했었습니다. 그러나 1년을 지내고 보니, 이내 그런 생
각이 지워져 버렸습니다. 대신, 농사 환경이 그에 따르지는 못
하지만, 이러한 기나긴 전쟁이 없다는 것만으로도, 우리나라
는 그 얼마나 다행이 아닐까 하는 생각이 들었습니다. 그런데
다 봄 여름 가을 겨울, 분명한 사계절이 있어 더욱 아름답고 좋
다는 것을 새삼 느끼게 되었습니다.

어느덧 내가 베트남에 파병되어 온 지 1년이 되어 갈 즈음, 베트남에 파병된 한국군 전체가 철군하는 시점이 다가오고 있었습니다.

그동안 베트남에서 '따이한'으로 불리며 용맹을 떨쳐 온 한국군이지만, 처음에는 시행착오도 많았다고 합니다. 6·25 전쟁 당시, 게릴라 부대를 이끌고 혁혁한 전과를 올렸고, 실전 경험을 통해 탁월한 전투능력을 증명했던 우리의 '채명신 전 주월사령관님'도 처음에는 베트남에서 전투 경험이 없는 한국군들을 적응시키시려다 보니 시행착오가 많았다고 했습니다.

채명신 전 주월사령관님 말씀에 의하면, 맹호부대도 초기 파병 때에는 바람 소리만 나도 놀라서 총질과 수류탄투척을 하는 등 빈번한 전쟁공포증에 시달린 사례가 허다하게 많았다고 합니다.

우리 백마 부대도 초기 때는 야간 매복 작전 시 적이 나타난 줄 알고, 기관총이며 소총 사격을 하고, 수류탄 투척까지 하는 등 격전을 방불케 하는 일이 있었는데, 날이 밝아 격전장 전방을 보니 난데없는 물소 약 스무 마리가 죽어 자빠져 있었다고 합니다. 매복 진지에 있던 병사들이 물소 떼를 베트콩의 기습으로 알고 겁먹은 나머지 일제 사격을 가했던 것이었습니다.

물론 아침부터 주민들이 몰려와 물소값을 물어내라고 난리였고, 군수와 경찰서장까지 나서서 문제 해결을 요구했다고 합니다.

이 사건의 무마를 위해 채명신 사령관님께서는 사령부의 있는 돈 없는 돈 다 끌어서, 3,000달러를 만들어 보내 주시고는, 주민들이 물어달라고 하는 대로 물어주라고 하셨다고 합니다.

물소값 흥정을 하는데, 한 마리에 30달러밖에 안 되는 물소값을 100달러씩 물어달라기에, 스무 마리값 2,000달러를 지불하고, 죽은 소들을 백마부대로 가져가려고 하였더니, 그곳 경찰서장이 다섯 마리를 달라고 하고, 군수에서 소 주인들까지 나서서 소를 달라고 사정하는 바람에, 그냥 다 나누어 주고 말았다는 것이 채명신 전 주월사령관님의 말씀이었습니다.

덕분에 그 일로 인해서 한국군은 후덕하다는 소문이 나기도 했다고 합니다.

채명신 사령관님께서 베트남 주민들에 끼친 손해에 대해서는 깎지 말고 물어달라는 대로 다 해 주라고 하달한 이유가 이해가 갔습니다. 그때 베트남 주민들에게 과대하게 지출되었던 3,000달러는, 그 후 몇 배 이상의 가치가 되어 아군에게 유익한 결과를 가져왔다고 하니 말입니다.

채명신 전 주월사령관님의 말씀 중에서 "세상은 손해 보는 듯 살아야 한다."라는 말이 새삼 떠오릅니다. 반면에 한국군은 아주 잔인하고 악독하다고 알려진 사례도 많았던 것 같습니다.

오랫동안 온갖 전쟁을 치른 월맹군 제5사단장의 지시 사항 중에는 "지금까지의 전투 경험으로 보아 한국군의 전투력은 강하고 병사들은 잔인하다, 따라서 정면 대결은 피하고 약점을 찾아 저격과 기습으로 그들의 전투력을 약화시켜야 한다"는 경고도 있었다고 합니다. 경우에 따라서는 지나친 부분도 없지는 않았을 것이지만, 적까지 두려워하고 피할 정도로 우리 한국군이 용맹스러웠던 것은 부정할 수 없는 사실이 아니었나 생각됩니다.

존슨 대통령의 휴전협정 서명
및 한국군의 철수

휴전 여론을 비등시키기 위한 적들의 최후 공격들

나트랑에서 주취로 크나큰 실수를 저질렀던 크리스마스가 지난 지 1개월 3일째 되던 날인, 1973년 1월 27일! 닉슨 미국대통령은 키신저 미 국무장관을 내세워 베트남과 월맹, 그리고 베트콩(월남임시혁명정부) 간 휴전협정 서명을 이끌어 냈습니다.

베트남에 있는 모든 외국군 병력은 60일 이내에 철수를 모두 마친다는 것이었는데, 이 모든 협정 내용은 공산군 측이 제안하였던 내용 그대로였습니다.

완강히 거듭 반대하던 베트남 측을 달래려고, 미국의 닉슨 대통령은 다음과 같은 조건부 약속도 하였습니다. 미군과 한국군 등이 철수를 하고 나서, 공산 측에서 휴전협정을 위반하고 다시 침략을 해 오면, 미국은 지상군 대신 B52 폭격기와 함대를 보내 베트남군을 지원하겠다는 것이었습니다.

휴전협정에 따라 베트남전의 미군과 한국군의 철군을 알리는 신문과 방송의 모습

한국군의 철수

이렇게 세계적인 역사의 현장을 뒤로하고, 또한 전장에서의 나의 개인적인 추억도 뒤로 하며, 이제 베트남을 떠난다고 생각하니, 웬일인지 한편으로는 시원하면서도 한편으로는 섭섭한 마음도 없지 않았습니다.

베트남 전쟁에 참전하여 많은 손실도 있었지만, 세계를 놀라게 하였던 크나큰 전과를 올렸고, 국가 발전에 기여도 컸다는 것에 위안을 가져보기도 했습니다.

이렇듯 철수가 결정되자 우리는 도망가듯 서둘러서 보따리를 쌌습니다.

올 때는 배로 왔지만, 철군할 때는 신속함이 필요하기에, 항공기로 오산비행장까지 이동을 하였고, 이렇게 무사히 도착하게 된 것이 1973년 3월 초경이었던 것으로 기억됩니다.

도착하자 일단 우리 백마부대 철수 병력 중에서, 키가 보통 이상인 자들만 일정 숫자를 선별하여, 인천 부평의 어느 부대로 이송되었는데, 저도 선발되어 그곳으로 가게 되었습니다. 이 부대가 위치한 자리는 원래 미군들이 사용하던 미군기지였는데, 바로 그 전 해에 미군들이 철수하고 떠나 빈 막사만 남았다고 들었습니다.

선발된 병사들을 이곳으로 보낸 목적은 1973년 3월 20일 서울운동장에서 있을 '귀국 신고식 및 개선용사 대 국민 환영대회' 준비였습니다. 환영대회 1부 행사가 끝나면, 이어서 2부 시가행진까지 있을 예정이었는데, 그 행사병력으로 참여하기 위해 1주간의 시가행진 훈련이 필요했던 것이었습니다.

이송되어 온 후, 그곳에서 받는 훈련은 오와 열을 정확히 잘 맞추고, 힘차게 행진하는 것이었으니까, 굳이 이걸 훈련이라고까지는 할 수 없지 않나 하는 생각이 들었습니다.

전쟁터에서 국위를 선양하였고, 또 경제 발전에 막대한 공헌을 하고 온 우리들에게, 국가가 최대한으로 베풀어 준 식사가 제공되었습니다.

밥은 보리가 덜 섞인 것으로, 그 전하고는 완전 다르게 듬뿍씩 퍼 주었고, 국은 당시 풍어로 넘쳐나는 도루묵을 된장에 끓여, 실컷 먹으라고 여유롭게 주면서, 후식으로 사과까지 나누어 주는 것이었습니다.

그리고 이렇게 무사히 귀국한 것을 가족에게 알리기 위해 우선 편지를 띄웠습니다.

편지에는 이달 20일 서울운동장에서의 행사를 마치고 15일간 휴가를 나갈 예정이라는 기쁜 소식도 담아서 보냈습니다. 그때가 바로 3월 중순이었으니, 산과 들에는 새싹이 파릇파릇 움터 오르기 시작할 즈음이었습니다.

전쟁터에서 무사히 돌아왔다는 안도감에서인지는 모르겠으나, 시간 시간들을 즐겁고 흥미롭게 보낼 수가 있었습니다.

귀국 신고식과 일상으로의 복귀

　그렇게 일주일여 시간을 보내다 보니 어느덧 1973년 3월 20일의 아침이 밝아 왔습니다. 잔뜩 흐린 봄날이지만, 날씨는 훈훈했습니다.

　우리는 아침 일찍부터 서둘러 서울운동장에 도착하였고, 이내 이세호 장군을 선두로 국가원수인 대통령께 개선 귀국 신고식을 무사히 마칠 수가 있었습니다.

　귀국 신고식 후 봄비가 보슬보슬 내리는 서울 을지로에서 행진을 시작하여, 도심을 가로질러 서울역을 목표로 보무도 당당히 힘찬 걸음을 하였습니다.

　높은 거리거리 건물 위에서는 봄비와 더불어 오색 종이 가루
가 뿌려지고, 거리거리마다 환영 인파가 쏟아져 나와 인산인
해를 이루었습니다. 그렇게 나의 베트남 파병과 전쟁의 기록
은 끝을 맺고 있었던 것입니다. 이제 베트남이 아닌 한국에서,
전쟁이 아닌 일상이 기다리고 있었습니다.

오색 색종이가 섞인 봄비를 맞으며 보무도 당당한, 자랑스런 대한의 남아들!

베트남 참전 장병들의 오랜 숙원과
현실을 바라보는 노병의 마음

한국의 베트남 전쟁 참전은 비록 장병들의 엄청난 희생을 치르긴 했지만, 한강의 기적을 만들어 낸 원동력이 되었습니다. 대포는 고사하고, 손톱깎기 하나 만들지 못하던 나라가 몇년 만에 일약 공업국가로 우뚝 서게 된 것입니다.

당시 세계적으로 가장 컸던 이슈는 단연 베트남 전쟁이었고, 한국군의 대 게릴라 전법, 대민 심리전, 그리고 특유의 용맹성은 한국의 국제적 위상을 완전히 다른 이미지로 바꾸어 놓았습니다. 『런던타임스』는 "한국군이 베트남 전역을 맡았거나, 한국군의 전술을 채택했다면 베트남 전쟁은 벌써 승리로 끝났을 것"이라는 논평을 했을 정도였습니다.

세계 일류 프랑스군도, 일본군도, 화력이나 기동력이 세계 최강인 미군도 손들었던 베트남에서, 한국군이 적은 손실로 무난히 작전을 마치고 철수할 수 있었던 것은 채명신 사령관님의 역할이 컸다고 생각합니다. 채 사령관은 베트남 국민들을 대상으로 대민 지원 사업을 적극 시행하였고, 6·25 전쟁에서 얻은 대 공산군 게릴라전의 경험과 애국 애족의 정신, 그리고 병사들에 대한 강한 애정이 합쳐져 탁월한 지도력을 발휘했습니다. 여기에다 한국군 모든 장병들의 타고난 용맹성과 희생정신이 있었기 때문에 가능했던 것이라고 생각됩니다.

베트남 전쟁 참전에 따른 희생의 대가로, 대한민국이라는 국가의 위상과 국군의 명예를 세계 만방에 떨칠 수 있었으며, 경제 발전의 초석을 다질 수 있었다는 것은 역사적 사실입니다. 국토의 대동맥 구실을 하는 경부고속도로도 베트남 전쟁에 참전하였던 전우들이 흘린 피의 대가로 건설된 것이었으니 말입니다.

베트남 전쟁에 참전해서 전쟁터에 목숨을 맡긴 우리네 병사들이 한 달에 받았던 해외 파병 수단은 병장이 50여 불이고, 상병이나 일병은 그것도 안 되는 금액이었습니다. 이 적은 수령액 중에서 그나마 20퍼센트는 잡비로 나가고, 80퍼센트는 강제 적금으로 적립되었습니다.

참고로 1972~1973년 당시 1불은 한국 돈으로 420원이었는데, 우리네 시골 총각들이 1년간 모아진 이 돈 모두를 가지고 살 수 있는 것은 송아지 한 마리 정도였습니다. 시골 총각들이 송아지 한 마리를 사서 황소로 키워 낸 다음, 나중에 장가 밑천으로 사용하면 아주 딱 맞아 떨어진다고 들었습니다.

또 도시 총각이 1년간 적립된 이 금액으로 살 수 있는 물품은 당시 LG전자의 전신인 금성사에서 처음으로 조립되어 나온 아주 작은 냉장고 하나였습니다.

당시 우리나라의 기술 수준이 너무 부족했던 관계로, 문 하나짜리 이 냉장고는 항상 내부에 성에가 두텁게 끼기 때문에, 문을 자주 열어 성에를 제거해 줘야 하는 작은 냉장고였습니다. 우리가 전쟁에 나가서 목숨을 걸고 싸운 해외 파병 수당이 얼마나 적은 돈이었는지 헤아리실 수 있으실 것입니다.

요즘 UN 평화유지군으로 중동에 파견되는 한국군의 한달 해외 파병 수당이 300만 원이 넘는다는 것과 비교한다면 하늘과 땅 차이라 하지 않을 수 없을 것입니다. 더구나, 요즘 UN 평화유지군은 당시 목숨을 걸고 전쟁지역인 베트남에 파병되어 전장을 누벼야 했던 우리들과는 달리, 비전투원들이라는 것도 큰 차이라면 차이라고 할 수 있을 것입니다.

그 당시 미국에서 지급된 막대한 금액의 전투수당은 참전 병사들에게 지급된 것이아니라, 국가에 적립되어 경부고속도로 및 국가 발전의 밑천으로 쓰여졌습니다. 참전 용사들은 조국의 발전에 이바지했다는 자부심으로 만족을 해야 했습니다. 당시 한국군들은 다른 참전국 병사들이 높은 파병 전투수당을 받았던 것과는 매우 다른 상황이었던 것입니다.

다른 베트남전 참전국가인 미국, 태국, 필리핀, 뉴질랜드, 호주 등의 장병들에게는 전투수당을 정상적으로 지급했지만, 우리나라의 참전 장병들에게는 전투수당 없이 해외 파병수당이라는 명목으로 외국에 비해 10퍼센트도 안 되게 지급하고, 나머지 90퍼센트 이상을 국가 발전에 사용했던 것 또한 사실이었으니 말입니다.

나를 포함해 베트남전 참전 용사 서른한 명은 2012년 2월 국가를 상대로 소송을 냈습니다. '당시 받지 못한 전투근무수당'도 문제지만, '해외근무수당'마저도 미군에 비해 턱없이 적었으니, 미지급분을 돌려달라는 소송이었습니다.

전투근무수당 청구의 근거는 당시 군인보수법 제17조였습니다. 이 법에는 "전시·사변 등 국가비상사태 때 전투에 종사하는 자에게 전투근무수당을 지급한다"고 명시되어 있습니다.

참전 용사들은 "대한민국을 위해 전투에 참가했다면 '전투에 종사하는 자'에 해당한다"고 주장했지만, 정부는 "베트남 전쟁은 대한민국의 전시 또는 국가비상사태에 해당하지 않는다"는 반론을 폈습니다. 그리고 법원은 정부 편을 들어 주었습니다.

정부와 법원은 "'전시'란 대한민국의 전시만을 의미한다.", "'대한민국이 주체가 되는 전쟁' 또는 '대한민국의 국익을 위한 전쟁'으로 확대 해석할 근거가 없다.", "베트남전 파병은 군사원조.", "이 전쟁으로 대한민국이 전시에 준하는 국가비상사태에 이르렀다고 볼 수 없다."라는 이유로 전투수당 지급을 거부했습니다.

베트남 전쟁 참전 당시 미국 측과 맺은 각서에는, 다른 참전 유엔군과 달리, 우리에게 지급해야 하는 전투수당을 기재하지 않고, 다른 명목으로 받아 놓고 있던 것이 확인되었는데도 말입니다. 대한민국이 국가답지 않은 처신을 하고 있었지만, 우리 베트남 참전 전우들은 무기력하게 그저 조국의 원망스런 결정을 지켜볼 수밖에 없었습니다.

그런데 더 큰 문제는, 여기서 끝나지 않고 "청구권이 인정되더라도 권리 발생 시점부터 5년이 지나 소멸시효가 완성됐다."라고 판결했다는 것입니다. "2005년 8월 브라운 각서 등 베트남전 관련 외교문서가 공개된 이후에야 권리의 존재를 알게 됐고, 이후 정부가 문제 해결을 약속해 소송이 늦어졌다."라는 참전 용사들의 주장은 철저히 무시당하고 말았습니다. 정부에서는 이 금액을 일시불로 참전 군인들에게 지급하려면 30조 원이 필요한데, 우리 기획재정부에서는 재정이 없다라는 이유로 이를 매년 미루어 왔던 것이었습니다.

그렇다면 이제 문제를 좀 더 상세하게 정리해 보도록 하겠습니다.

우리는 2021년 현재 34만 원 수준인 우리나라 참전명예수당이라도 베트남전 당시 유엔군에 속했던 다른 국가들 수준으로 올려달라고 요구하고 있습니다.

나라별로 보면, 2022년 기준 '미국 240만 원', '호주 230만 원', '태국 220만 원', '뉴질랜드 200만 원', '필리핀 200만 원'을 매달 베트남전 참전자에게 수당으로 지급한다고 합니다.

1인당 국민총생산GNP으로 비교해 보면, 한국(3만 5,000여 달러)이 필리핀(3,500여 달러)보다 열 배나 잘사는데, 참전명예수당은 필리핀의 6분의 1 수준에 불과한 것입니다.

지금 선진국에 진입한 대한민국의 베트남 전쟁 참전 군인은 지금으로부터 불과 10여 년 전인 2011년 6월에야 그나마 국가 유공자로 인정받았습니다. 베트남 전쟁에 참전한 지 47년의 세월이 지난 후에야 국가유공자로 겨우 인정받게 된 것입니다. 이는 대한민국의 보훈 정책이 얼마나 낙후되었는가를 잘 말해 주고 있습니다.

베트남에서마저도 전쟁에 임했던 병사들에게 참전명예수당으로 월 20만 원 이상을 지급하고 있다는 사실에 우리는 놀라지 않을 수가 없습니다. 베트남의 1인당 국민 소득은 우리의 10퍼센트도 안 되는 3,000불 이하인데도 말입니다. 이러한 베트남의 뿌리 깊은 보훈 정신이 몇백 년에 걸쳐 세계 강국들과 맞서 싸워 이길 수 있는 원동력이 된 것이 아닌가 생각되기도 합니다.

그러나 보훈처는 우리나라의 보훈 정책이 한심하고 낙후되어 있는지를 전혀 모르는 것 같았습니다. 이는 정말 커다란 문제라는 생각이 듭니다. 이렇게 참전 군인들을 홀대한다면, 전쟁 시에 누가 국가를 위해 목숨을 걸고 최선을 다하여 싸우려 하겠습니까?

지난 우리의 역사를 되돌아 보더라도 임진왜란(1592~1598년)이 끝난 후 약 40년만에 병자호란(1636년 12월~1637년 1월)이 일어났는데, 임진왜란 때와는 달리 병자호란 때는 의병이 거의 일어나지 않았습니다.

왜 그랬을까요? 조정에서 임진왜란 때 싸웠던 의병들의 공과를 인정해 주기는커녕, 재산만 축내게 하고 거리로 내 몰았으니, 병자호란 때 그 어떤 바보가 나라를 위해 의병을 일으켜 나섰겠습니까?

베트남 전쟁에서 철수한 지도 벌써 57년이나 되었고, 베트남 참전자들의 평균 연령이 70대 후반인 것을 생각한다면, 더 늦기 전에, 이제라도 이분들의 명예와 권리가 존중받을 수 있도록 해야 마땅할 것입니다. 이제 이들을 위로할 수 있는 시간도 얼마 남아 있지 않았다는 점을 명심하고 참전명예수당을 국제수준으로 조속히 인상해야 할 것입니다.

우리나라 경제 발전의 초석이 되어 준 우리의 용맹스런 베트남 전쟁 참전자들에게 말로만 국가유공자 칭호를 줄게 아니라, 다른 나라들처럼 형평에 맞고, 이해 가능한 수준의 진정한

참전유공자 예우가 절실하다고 생각됩니다.

당시 베트남 전쟁 참전 용사들의 나이가 어느덧 칠, 팔십을 넘어 여생이 얼마 남지 않은 상태입니다. 이제라도 이들이 남은 여생을 편히 보낼 수 있도록 국가에서 진정성을 가지고 예우를 다하며, 처우 개선을 서둘러야 하지 않겠습니까? 공식적으로 선진국 반열에 들어선 대한민국의 오늘이 있게 한 주역들이 섭섭해하지는 않아야 진정한 선진국이 아니겠습니까?

제2장

베트남 전쟁
기록 사진들

이제 과거의 기억이 된 베트남 전쟁의 실상을
사진으로나마 살펴보시면
전쟁의 참혹상에 대해
조금이나마 실감나게 이해가 되시리라 생각됩니다

필자가 소장한 사진 외에도
국방부와 종군기자들의 기록 사진,
인터넷에 전우들이 올린 사진들을 발췌하였습니다

한국을 떠나 베트남을 향하여

백마부대 국민환송대회의 모습

국민환송대회에서 병사들을 격려하는 박정희 대통령과 육영수 여사의 모습

부산 3부두에서 승선하기 전에 얼굴이라도 한번 보려고 찾아온 가족들의 아우성

부산 3부두에서의 어머니와 자식 간의 이별 장면

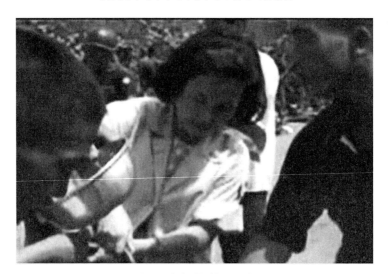

가족과 이별주를 나누는 모습

부산 3부두에 환송 나온 여학생들의 모습들

출항하려는 배에 승선하고 있는 장병들의 모습

베트남 전선으로 출항 바로 직전 가족들의 환송 모습

출항 직후 울려퍼지는 뱃고동 소리와 함께 작별하는 병사들의 모습

요란한 기적 소리를 시작으로 뱃머리를 돌리고 있는 출항 모습

죽음을 넘나드는 전투 현장

전투 현장 사진
등에 실탄통행금지라고 쓴 글씨가 참으로 이채롭다.

해병대 청룡 2여단 1대대의 통신병 이명수 하사

  이 사진은 관통당한 월맹군의 철모를 어루만지는, 아래 부분
이 잘려 나간 사진이다. 특이하게도 해당 사진의 철모에는 정조
준 금지 구역이라고 적혀있다. 사실 웃을 수만은 없는 게, 통신병

은 저격수의 우선 목표 중 하나다. 사진의 주인공은 청룡 2여단 1대대의 이명수 하사로, 철모 외피의 저 글씨들은 당시 한국군의 복장 군기로 봐서는 이해가 안 가는 사진인데, 실제로 저격당하여 아슬아슬하게 살아난 이후 부대장이 특별히 허가해 준 것이라고 한다. 다만 '보고 싶은 울산 큰애기 순이'는 귀국했더니 이미 다른 사람과 결혼했고, 결국 이명수 하사도 다른 사람과 결혼하였다는 슬픈 뒷이야기가 있다. 2016년에도 사진의 철모를 보관하고 있다고 밝혔다.

"웃기지 마라, 실탄은 나의 1m 우측으로 피한다"
"'희' 기다려?"라고 쓴 병사

베트남 피난민들에게 구호품을 나누어 주고 있는 한국군 모습
(사진 출처: NEWSIS)

그 젊은 날의 회상

베트콩을 잡아 이송하는 모습들

베트콩을 심문하고 있는 모습들

숨겨진 땅굴 발견

적으로부터 노획한 화기들

부비트랩의 모습들

적나라한 전쟁의 참상

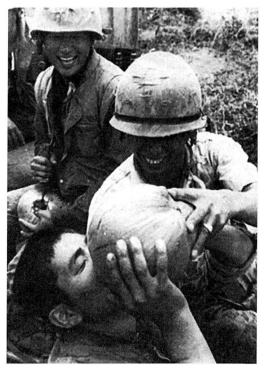

베트남 전쟁의 특별한 기록들

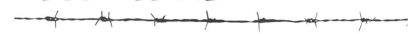

사망한 101공전사단 병사들이 착용하였던 전투화와 헬멧의 모습
미군173공수여단의 닥토 전투 이후의 추도식 장면이다. 이 닥토 전투는 피아간
의 피해가 너무도 끔찍하기로 유명하다. 베트남 전쟁에 개입한 미군은 전사자 5
만8,000명 이상, 실종자 2,000명이라는 크나큰 상처를 입었다.

아이를 구해 내고 있는 육군 백마부대 장병들
해외 커뮤니티에서는 미군이라는 잘못된 설명이 붙어 있는 경우도 종종 있다.
다만 아는 네티즌들이 한국군이라 지적하고 링크를 걸어 주면
"한국군이 참전한 줄도 몰랐다."라는 반응이 따르기도 한다.
사진 속의 경기관총은 M1919이며,
아이를 안고 달려오는 병사는 M16A1을 소지하고 있다.

    1972년 6월 8일 남베트남 육군은 트랜 방어선에서 수도 사이
공에 이르는 1번 국도를 탈환하고자 3일간 맹공을 펼쳤지만, 베
트콩과 월맹군의 저항은 맹렬했고, 점령이 어려워지자 공군의 지
원을 요청, 베트남 공군의 전폭기가 저공비행으로 1번 국도 주변
및 마을에 네이팜 탄을 융단폭격 하여 불바다로 만들었다.

풀리처상 수상작으로 유명한 사진
'현 콩 닉 웃'이란 베트남 기자가 촬영한 사진이다.

불타는 마을에서 알몸으로 화상을 입은 채 사력을 다해 탈출
한 저 소녀는 당시 만 10세의 '판 틴 킴 퍽'이란 이름이었고, 그후
그녀는 20세가 되던 1982년, 미국의 CBS에 출연하여 베트남 전
쟁의 참상을 고발하는 증인으로 초대되었다. 베트남 전쟁이 끝나
고 통일이 된 이후 공산 베트남 정부 관리로서 UN에서 근무하
기도 했다.

너무나도 유명한 퓰리처상 수상작인 「사이공식 처형」

1969년 미국기자 '에드워드 T. 애덤스'가 촬영. 총을 쏜 사람은 베트남 육군이 아닌 남베트남의 수도 사이공의 경찰청장이다.

1969년 북 베트남의 데트 대공세 때는 남베트남의 수도 사이공에서도 크고 작은 베트콩들의 무장봉기가 일어났고, 곳곳에서 베트남 정부 시설 및 미군에 대한 직접적인 사보타주가 일어났다. 이를 진압한 직후 검거된 베트콩 지도자급 용의자를 적법 절차를 무시하고 따로 끌고 갔고, 이를 수상히 여긴 미국 기자가 추적하여 도착한 장소에는 남베트남 경찰 조직의 총수가 기다리고 있었다. 그는 이 용의자를 보자마자 어떤 말도 없이 바로 머리에 방아쇠를 당겨 버렸다.

이 사진 한 장이 미국 내 반전주의 운동과 베트남 전쟁 개입에 대한 정당성을 의심하는 여론이 들끓게 되는 도화선으로 작용했다.

미군 또는 남베트남군으로부터 노획한 M1 카빈을 들고 교전 중인 베트콩 소녀

항공 폭격으로 사망한 어린손자를 끌어안고 정신없이 대피하고 있는 모습

비닐에 구겨진 채로 묶여 있는 어머니의 참혹한 시신 모습에 오열하는 모습

죽은 아이를 안고 베트남군에게 항의하는 아버지

한 가족이 모여 앉아 아이들과 함께 담배를 피우고 있는 모습

전투 장비와 야전 식량

당시 투입된 헬기의 종류

- 공격 헬기(아파치 헬기) AH-1

지상전의 핵심 전력으로 자리 잡은 공격 헬기란 대전차 미사일 로켓, 기관포 등을 탑재하고, 적을 공격할 목적으로 사용되는 헬리콥터를 말한다. 이러한 코브라 공격 헬기가 개발된 것은 베트남 전쟁 때다.

항속 거리: 507㎞ / 최대 속도: 277㎞ / 승무원: 2명

'코브라'란 이름은 적 전차를 잡는 공격 헬기로 더 유명하다. 특히 코브라 공격 헬기는 지형지물을 스치듯이 날아다니며, 코브라의 독니와 같은 강력한 공격력으로 적 전차의 숨통을 한방에 끊어 놓는다.

'코브라 헬기'로 불렸던 당시의 공격 헬기

· UH-1 휴이|Huey 헬기

베트남 전쟁 영화에서 자주 등장하는 헬기들이 바로 이 종류다.

베트남 전쟁 하면 정글 위를 날아다니는 UH-1의 모습을 떠올릴 정도로 사람들의 기억 속에 강한 인상을 남긴 헬기다.

UH-1은 베트남 전쟁은 물론 이후 전쟁 양상을 바꾼 혁신적인 무기라는 평가를 받는다.

베트남에서 미군은 울창한 정글과 열악한 도로, 땅굴에 숨어 있다가 기습 공격을 가하는 베트콩들의 위협에 시달렸다. 베트콩과 부실한 도로로 인해 육로 수송은 너무나 위험했고, 수송기 역시 활주로를 건설할 수 있는 지형이 많지 않아 적절한 운송 수단이 될 수 없었다. 이러한 상황에서 수송기보다는 느리지만, 병력과 물자를 싣고 좁은 공간에서 이착륙이 가능한 UH-1 헬기는 미군에게 '구세주'나 다름없었다.

공중에서 낙하산을 메고 수송기에서 뛰어내리는 공수부대와는 달리, 헬기를 이용하면 작전 지역에 신속히 그리고 넓게 펼쳐서 분산 투입되는 큰 장점이 있다.

베트남 전쟁에서 UH-1이 보여 준 위력은 이후 소련의 아프간 침공, 걸프전, 이라크, 아프간 전쟁 등에서의 헬기 운영에 큰 영향을 미쳤다고 한다.

베트남 전쟁과 UH-1 헬기

현대전의 전술과 경험을 바탕으로 수백 대의 헬기가 공중을
뒤덮고, 병사들을 순식간에 투입함으로써, 빠른 포위망을 형성하
게 된다. 이 모습을 참관하신 채명신 사령관님은 6·25 때와 오버
랩되면서 만감이 교차하는 감회에 젖어들게 되었다고 말씀하
셨다.

시누크의 작전 모습

일반 헬기와는 달리 일개 소대(40명)이상의 탑승과 함께, 포와
탱크 등을 매달고 작전에 투입할 수 있는 대형 헬기다.

항공 폭격의 위력

미군은 베트남 베트콩의 암석 동굴이 항공 폭격으로도 타격이
쉽지 않음에 주목하여, 암석층이나 콘크리트 관통력을 높이기 위
한 연구에 돌입하게 되었다고 한다. 이를 계기로 현재는 지하 벙
커 35미터까지 관통할 수 있다고 하니 놀랍기만 하다.

베트남전에서 맹활약했던 F-105 전투기의 모습

북베트남을 폭격 중인 미국 B-66 폭격기와
이를 호위 중인 4대의 F-105 전폭기

공습 폭격으로 인한 파괴력 현장의 모습들

베트남전 당시 야전 전투식량

베트남 전쟁 시 야전 전투식량 C 레이션의 모습

담배, 성냥, 코코아 가루, 커피, 프림, 설탕, 소금, 이쑤시개,
휴지, 캔 오프너 등이 위쪽의 작은 종이 박스 안에 들어 있다.

제3장

자랑스런 한국인
전쟁 영웅
채명신 장군

그 젊은 날의 회상

조국을 위해 죽어 간 병사의 묘역에 같이 묻어 달라고 하신 분.

살아서는 조국을 지키시다, 죽어서는 젊은 영혼들을 달래려

사병 묘역을 택하신 분. 대한민국의 영원한 영웅이신

故 채명신 전 주월사령관님.

반대와 찬성 논란 속의
베트남 전쟁 참전

베트남 파병 초기에는 김영삼, 김대중 두 분을 위시해서 야당은 물론 대학생들까지도 베트남 파병을 반대하였습니다. 야당 통합으로 이루어진 민중당과 한국 정당 역사상 최초의 여성 당수인 민중당 총재 박순천 여사, 그리고 김상현, 고흥문 의원 등도 극구 반대를 하였습니다.

그러나 이후 베트남 전선에 직접 방문해 한국군의 모습을 둘러본 박순천 여사께서는 눈물을 흘리시며 "월남 파병은 정말 너무나도 잘한 일이다."라고 하셨다고 합니다.

그러고는 귀국하면 이런 자랑스런 한국군의 위상을 볼 때 파병 결정을 적극 지지한다는 기자회견을 열겠다고 하시기에, 채명신 전 주월사령관님께서는 오히려 적극 만류하셨다고 합니다.

"만일 총재님께서 그렇게 얘기하시면, 아마도 대학생들과 야당 전체가 들고 일어날 것이 뻔한데, 그렇게 되면 박순천 여사님은 야당 당수직을 수행하지 못하실 것입니다."라고 하셨더니, 박순천 여사께서는 "정치하는 사람이 자기의 소신도 밝히지 못한다면, 차라리 앞으로 정치를 그만두겠습니다."라고 하셨답니다. 그리고는 정말로 기자회견을 열어서, 야당 의원들의 심한 질타를 받고, 결국 당수직을 고사하게 되셨다는 이야기를 채명신 전 주월사령관님의 후암동 집에서 직접 들었습니다.

그렇듯 베트남 파병을 놓고 초기에는 반대 여론이 들끓었던 것도 사실입니다.

베트남 전쟁 참전의 공과에 대해서도 아직 많은 논란이 교차하고 있습니다.

베트남 전쟁 현장에 파병되어 피와 땀을 흘려야 했던 참전용사들로서는 안타까운 일이지만, 모든 판단과 평가는 역사에 맡기기로 하겠습니다.

다만, 1965년부터 1969년까지 파월 한국군을 총지휘했던 채명신 전 주월사령관님의 애국심, 전투력, 강한 신념과 멋진 인격에 대해서는 많은 사람이 존경했던 것 같습니다. 베트남 전쟁에서 파월 한국군들이 명성을 떨치며 소기의 성과를 거둘

수 있었던 것도 채 전 사령관님의 각별한 품성과 능력에 힘입은 바 크다고 생각합니다.

특히 잊지 못할 개인적 인연을 가지고 있는 저로서는 이 기록의 일부분을 할애하여 장군님과의 추억에 대해 얘기해 보고자 합니다.

채명신 전 주월사령관과의 개인적 인연

　베트남 전쟁의 영웅이시지만, 저의 파병 시기는 채 사령관님의 근무 이후였고, 설사 시기가 맞았다고 해도 사병이었던 제가 채 사령관님을 베트남 전장에서 직접 만날 수 있는 기회는 없었을 것입니다. 그래도 장군에 대한 일화를 많이 듣고, 명성을 익히 알고 있는 베트남 참전 전우들은 채 장군을 항상 크게 존경하고 있던 바였습니다.

　채명신 장군과의 개인적 인연은 월남참전전우회의 기동봉사대 활동을 하면서 시작되었습니다. 봉사 활동이 시작된 그해 여름, 용산 후암동에 사시는 채명신 전 주월사령관님의 장인 어른께서 돌아가셨다는 부고를 접하게 되었습니다.

　우리 봉사대원들은 장마철임에도 불구하고, 5일장 내내 내방객 안내와 모든 궂은 일을 도맡으며, 운구까지 도와드렸습니

다. 당시 장례는 병원 장례식장이 아니라, 채명신 전 주월사령
관님 자택에서 치러졌습니다.

남산 아래 후암동 시장에서 대단위 파출소로 가는 쪽에 지어
진, 그 2층 벽돌집은 박정희 대통령께서 채명신 전 주월사령관
님이 집도 없으시다는 것을 알고서 특별히 마련해 주신 주택
이었다고 합니다.

당시 채 장군의 명성과 인품은 여야를 막론하고, 국민의 칭송
을 받는 분이시었기에, 비가 계속 쏟아지는 장마 속에서도 5일
동안 내방객이 엄청 많았습니다.

집이 골목길을 돌아서 있었기 때문에 찾기가 그리 쉽지 않았
습니다. 그래서 군복을 입은 우리 봉사대원들이 안내와 주차
관리를 했고, 주체할 수 없이 밀려드는 화환 정리에 이르기까
지 도와드릴 일들이 참으로 많았습니다.

채명신 전 주월사령관님께서는 빙부상을 맞아 그 바쁘신 와
중에도 늘 우리 봉사대원들을 챙겨 주시느라 어찌나 애를 쓰
시는지, 우리 봉사대원들이 오히려 감사해서 몸 둘 바를 모를
지경이었습니다.

구중중한 장마 속에서 고인의 운구를 끝으로 무사히 5일장을
마치고, 며칠 후에 채명신 전 주월사령관님으로부터 전화가
왔습니다. 장례를 도와준 데 대한 고마움에, 답례로 식사 초대
를 하시겠다던 약속을 지켜야 하지 않겠냐는 것이었습니다.

박세직 올림픽 조직위원장님과 함께 세 사람이 식사를 함께 하기로 했으니, 대한극장 근처 필동면옥으로 나오라는 것이 었습니다.

필자의 왼쪽이 故 박세직 장군, 오른쪽이 故 채명신 장군

박세직 장군은 뛰어난 영어 실력을 바탕으로, 채명신 초대 파월사령관이 파병 관련 한국 지원, 작전구역 설정, 지휘 체계 설정 등에 대해 미군들과 협상하는 과정을 지원하며 활약하셨다고 합니다. 이후 1976년 대통령 안보담당 특별보좌관을 지냈고, 1979

년 군사정보 참모를 지내기도 하신 분입니다. 이후, 1986년 체육부 장관을 거쳐, 서울올림픽대회 조직위원장을 맡아 제24회 서울올림픽대회를 성공적으로 이끌었습니다. 올림픽 후에는 안기부장, 서울시장 등 정부 요직을 역임하고, 1992년에는 제14대 자유민주당 국회의원으로 당선되었습니다. 이후 제31대에 이어 제32대 대한민국재향군인회 회장을 연임하시다가, 2009년 7월 급성 폐렴으로 운명하셨습니다.

채명신 전 주월사령관님께서는 원래 고향이 황해도 곡산 분이라서 그런지 냉면과 이북 만두를 아주 좋아하셨습니다.

필동면옥을 단골로 다니시는지라, 채명신 전 주월사령관님께만 해 드리는 특별 메뉴가 준비되어 있었습니다. 그것은 왕만둣국 반 접시(왕만두 세 개)와 냉면 반 그릇(실제는 70퍼센트의 양)으로 해서 1인분 값을 받는 것이었습니다. 채 장군에게만 제공해 드리는 특별 서비스였던 것 같았습니다.

채 장군께서는 그 첫 초대에 이어, 십여 일 후에 또 박세직 올림픽위원장님과의 식사에 저를 초대해 주셨는데, 이번에는 평양면옥이었습니다. 채 장군께서는 역사가 깊은 이 냉면집에서도 필동면옥과 같이 깍듯한 대우를 받으셨습니다.

제게 신세를 지셨다며, 그렇게 두 번이나 식사 초대를 해 주신 덕분에, 대화를 나누다 보니, 채명신 전 주월사령관님과는 자연적으로 친숙한 관계로 이어지는 계기가 되었습니다.

이때부터 채명신 전 주월사령관님께서는 늘 "나도 여기 용산에 살고 있으니, 사적으로는 이원호 회장의 회원이지요. 그러니 자주 놀러도 오고, 마당에 감도 못 다 먹으니까, 와서 따가지고 가세요." 하시면서, 무슨 행사나 일이 있으면 꼭 불러 달라고 하셨습니다. 제게는 아버님 같으신 분이셨는데도 절대 하대를 하시지 않고, 사랑스런 목소리로 늘 존대하여 주셨습니다.

이후 누추한 우리 전우들의 사무실도 가끔씩 방문해 주시고, 저의 행사에도 늘 참석해 주시면서, 저도 자연스럽게 전우들과 함께 채 전 사령관 댁을 방문하거나, 식사 자리에 초대하여 모시게 되었습니다.

후암동의 집에서 동부이촌동 아파트로 이사한 후에도, 자주 드나들면서, 채 전 사령관님 사모님도 많이 뵙게 되었습니다. 문정인 사모님은 이화여대 제1회 메이퀸으로 뽑힐 정도로 미인이기도 하였지만, 인품 또한 매우 고우셨습니다. 늘 여유로운 모습에 항시 잔잔한 미소를 띠며 잘 웃어 주시던 기억이 아직도 생생합니다.

채 전 사령관님은 2013년 88세를 일기로 별세하셨고, 이제는 고인이 된 채 전 사령관님과의 추억만 가슴에 남아, 그리움이 더해 갑니다.

채명신 장군의 인품에 얽힌 일화들

채명신 전 주월사령관님의 성품을 알 수 있는 얘기를 잠시 해 볼까 합니다.

채 장군께서는 원래 돈이나 사회 지위에 대한 욕심 따위에는 관심조차 없으신 분이셨습니다.

만일 그렇지 않았다면, 예전에 박정희 대통령 시절, 위험과 엄청난 손해를 예상했음에도, 유신헌법에 그렇게나 극구 반대하시지는 못했을 것입니다.

채 장군께서는 돌아가실 때에도 장군 묘역을 마다하시고 사병 묘역을 택하셨던 분이었습니다. 그분이야말로 진정한 애국자요, 불후의 명장이라 하지 않을 수 없는 이유입니다.

그분이 예비역으로 전역하시기 전에, 박정희 대통령께서는 유신헌법을 만들기 전부터 가끔씩 불러 술자리를 만들어, "김대중이 대통령이 되면 이 나라가 어떻게 되겠냐?" 하면서 유신헌법 개헌의 정당성을 말씀하셨다고 합니다.

이에 채명신 전 사령관님께서는, "각하! 3선 개헌하실 때에 눈물까지 흘리시며 약속하시지 않으셨습니까? 그리고 이제 또다시 개헌을 하시겠고 하시다니요?"

그러자 박 대통령께서는, "그건 나도 잘 알고 있지. 그러나 이 나라의 경제 발전을 위해서는 내가 집권 연장을 해야 할 수밖에 없겠어, 그러니 국민에게 욕을 먹어도 할 수 없지. 내가 십자가를 메야 하겠어!"

그러자 채 전 사령관님께서는, "각하! 십자가란 말을 함부로 쓰지 마십시오."

그러자 다시 박 대통령께서는 "응, 그래 채 장군은 기독교신자지! 그건 맞아!"

그 말이 끝나자 박 대통령은 자리에서 일어섰고, 작별 인사도 없이 그렇게 헤어졌다고 합니다.

박 대통령의 입장에서는 자신의 면전에서 그렇게 당당히 유신헌법에 반대 의사를 표명하는 채 전 사령관님이 아마도 눈엣가시이지 않았을까요?

그럼에도 불구하고, 박 전 대통령도 채 전 사령관의 인품에 대해 신뢰가 매우 컸던 것 같습니다. 당시 중앙정보부장 김계

원이 채명신 장군의 비행이라면서 올린 보고서에는, 강남에 땅도 많고, 스위스 은행에 비밀 계좌도 있다는 것이었습니다. 그것을 보고를 접한 박 대통령은 당장 김계원을 불러 잘못된 정보일 수 있으니 철저히 다시 조사하라고 지시했다는 것입니다. 나중에 중상모략이라는 것이 판명된 이후에는, 채 장군을 불러 이러한 사실을 직접 전해 주었다고 합니다.

당시 채 전 사령관님도 여러 정보기관에서 자신을 감시하는 것을 눈치채고는 있었다고 합니다. 채명신 장군은 유신헌법에 적극 반대했기에, 진급 누락으로 전역될 것도 미리 예견하셨던 것 같습니다. 항간에 '채명신이 정치 야망을 가지고 뭔가 작업을 한다'는 헛소문이 나도는 것을 보고는, 자신의 군 생활도 여기서 곧 끝이 나겠구나 하고 짐작을 하셨다니 말입니다.

그러나, 그분의 청렴결백하시고 올곧은 성품이야말로, 베트남 파병 장병들의 가슴에 영웅으로 남고, 국민들의 존경을 받게 된 바탕이 아니었나 생각합니다.

정치권에서의 유혹도 엄청 났지만, 모두 고사하셨다고 합니다.

나중에 현대그룹 정주영 회장께서 대통령 후보로 나오실 때는, "저의 대선 선거를 도와주시면 돈은 얼마든지 서운하지 않게 드리겠다."라며 엄청 사정을 하였는데도 완강히 거절을 하셨다는 것입니다. 자신의 길이 아니라고 생각하면 어떤 유혹에도 흔들리지 않고, 옳지 않은 일이라고 판단되면 어떤 압력에도 굴하지 않았던 채 장군님이야말로 진정한 군인의 모습이 아니었나 생각합니다.

그분께 들은 얘기가 수없이 많지만, 다 열거할 수는 없고, 저와 있었던 일 중에서 그분의 성품을 잘 알 수 있는 이야기 하나를 들려드리기로 하겠습니다.

우리 전우들 중에 아들의 혼사를 앞둔 사람 한 분이 제게 와서는, 채명신 전 주월사령관님께 주례를 부탁드려 봐 달라고 청탁을 했습니다.

그 부탁을 받고 제가 채명신 전 주월사령관님께 전화를 드렸더니, 일단 자기소개서를 작성해서 당사자 둘을 데리고 오라고 하셨습니다. 약속 당일에 주례를 부탁했던 전우와, 결혼 당사자 두 사람을 대동하고, 채명신 전 주월사령관님 댁에 인사차 찾아 뵈었습니다.

저희를 반갑게 맞이하여 주시는 채 장군에게 젊은이들이 써 온 자기소개서도 건네 드렸습니다. 잠시 젊은이들의 자기소개서를 보신 후, 채명신 전 사령관님께서는 이런 말씀을 하셨습니다.

"내가 작금의 예식장 문화에 대해 정말 싫어하는 것이 있어요. 하객들이 예식에는 관심도 없이 식당으로 먼저 가 버리는 거예요. 예식장에 오면 신랑 신부 그리고 양가 부모들 과도 함께 혼례 모습을 지켜보면서 같이 축하해 주고 자리를 지켜줘야 하는데 말입니다. 그런데 그런 것에는 관심도 없이 봉투만 내던지고 곧바로 식당으로 들어가 버리는 그거 정말 보기 싫은 짓거리지요. 그러니까 우리 전우들은 절대 그런 행위를 하지 않게 하겠다고 약속을 해야합니다. 또 한 가지는, 주례를 서주는 나에게 사례비나 사례품 등 어떤 선물도 절대 하지 않겠다고 약속을 해야 합니다."

그 말씀을 듣고 우리들은 꼭 그렇게 하겠다고 굳게 약속을 하고서야 결혼식을 무사히 끝낼 수가 있었습니다.

그러나 신혼여행에서 돌아온 젊은이들이 인사차 채 전 사령관님 댁으로 가야 하는데 그 전에 고민이 생겼다는 것이었습니다. 약속은 했지만 어떻게 빈손으로 찾아 뵙냐는 것이었습니다. 하다못해 과일이라도 들고 가야 하는데, 분명 과일도 안 된다고 하셨기에 문제였던 것입니다. 그 말을 듣고는 내가 그 젊은이들에게 딱 배 한 상자만 준비하라고 하고, 신랑 신부 그리고 신랑 부친과 함께 준비한 배 한 상자를 들고 채 전 사령관님을 찾아가 뵈었습니다.

아니나 다를까 난리가 났습니다. 제가 사정을 하고 또 하였습니다. 그 정도의 성의라도 받으셔야, 이 신혼부부들이 조금이라도 마음 편할 것 아니냐고 설득을 드렸더니, 채명신 전 사령관님께서 하시는 말씀이, "그럼 이번에 이 배를 그냥 받을 테니까, 대신 내가 잘 다니는 요 앞에 있는 중국집에 가서, 내가 사는 짜장면을 먹고들 가야 합니다, 그 집 짜장면이 아주 맛있어요, 알겠지요?"

그래서 그날 생각지도 않았던 짜장면을 또 같이 먹게 되었습니다.

그 이후로는 주례 부탁을 드렸을 때는, 나중에 다시 찾아가 인사차 음식점으로 모셔서 그 고마움을 표하는 것으로 하였습니다.

물론 채 장군님은 차가 없는 분이었기에, 식사 초대 때에는 차로 모셔 오고 모셔다 드려야만 했습니다.

이런 경험이 아주 강하게 뇌리에 남아 있으니, 전는 채 장군님을 생각하면 그분의 인품부터 떠오르게 되는 것입니다.

소신을 가지고 원칙을 지킨 채명신 장군

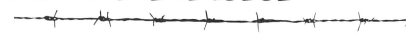

옛말에 왕은 개선 장군을 오래 두지 않는다고 하였습니다. 개선 장군이 왕보다 더 추앙을 받게 할 수는 없다는 뜻일 것입니다.

채명신 장군이 6·25와 베트남 전쟁에서 전쟁 영웅으로 명성을 떨치고, 깊은 애국심으로 국민들의 추앙을 받자, 정부는 장군을 전역하게 하고, 스웨덴 대사로 파견하였습니다. 이후 채 장군은 그리스 대사와 브라질 대사를 역임하셨습니다. 그동안 고국에서는 계엄령과 더불어 유신 시대의 혼란기가 이어졌고, 그리 오래지 않아 박 대통령 시해 사건이 발생했습니다.

채명신 장군은 전역하기 전, 박정희 대통령 면전에서 두 번이나 유신헌법의 정당성에 대해 반대 의사를 표명하셨는데, 그분 말고 그렇게 문제 제기를 할 수 있던 분이 누가 또 있었겠습니까?

채명신 전 사령관에 대한 평판과 찬사

구글 검색을 하다가, 평소 존경을 아끼지 않았던 대한민국의 역사적 영웅이신 채 장군의 참 인간애를 보여 주는 글이 있어서 그 사연을 올려봅니다.

채명신

- 부인: 문정인文貞仁(이화여자대학교 졸업). 문명기의 손녀. 오빠가 문태준. 대한의사협회장, 보건복지부 장관, 국회의원을 지냈다.
- 자녀는 아들 하나, 딸 둘.

그러나 이분께 의붓동생이 있다는 것을 아는 분은 거의 없다. 의붓동생으로 채 모 씨가 있다.

이 채씨는 채명신 장군이 60년 넘게 숨겨온 또 다른 미담의 주인공이다.

채씨는 당시 육군 중령이던 채 장군이 1951년 초 강원도에서 유격부대 '백골병단'을 이끌며 생포한 조선노동당 제2 서기 겸 북한군 대남유격부대 총사령관(중장) 길원팔이 아들처럼 데리고 다녔던 전쟁고아였다.

길원팔은 전향 권유를 거부하고 채명신이 준 권총으로 자결했다. 그러면서 "전쟁 중 부모 잃은 저 소년을 아들처럼 키워왔다. 저기 밖에 있으니 그 소년을 남조선에 데려가 공부시켜 달라"고 부탁했다.

적장敵將이지만 길원팔의 인간됨에 끌린 채 장군은 "그러겠다"고 약속하고 그 소년을 동생으로 호적에 입적시켰다. 이름도 새로 지어 주고 총각 처지에 그를 손수 돌봤다. 소년은 채명신의 보살핌에 힘입어 서울대에 들어가 서울대 대학원에서 이학 석사·박사 학위를 받은 뒤 서울 유명 대학에서 교수를 지냈다.

채 교수는 10여 년 전 은퇴했다. 두 사람은 채명신이 숨질 때까지 우애 깊은 형제로 지내 왔다고 한다. 채명신의 자녀들은 채 교수를 삼촌으로, 채 교수의 자녀들은 채명신을 큰아버지라고 부른다고 한다.[1]

정말 아름답고 감동스런 사연이었습니다.

---

[1] 강찬호, 「채명신 장군이 평생 묻어 둔 비밀… 적장이 맡긴 고아, 교수로 키웠다」, 『중앙일보』, 2013년 12월 2일, https://www.joongang.co.kr/article/13282545

이 멋진 분이 타계했을 때 언론의 평가를 보면서 채 전 사령
관에 대한 추억을 마치기로 하겠습니다.

2013년 11월 28일 『중앙일보』 보도 내용입니다.

베트남 전쟁 당시 한국군 사령관 겸 맹호부대장으로 맹활약한
채명신 장군이 25일 별세했다.

고인이 된 채명신 장군은 지난 5월 JTBC 〈뉴스콘서트〉 출연 당
시 베트남 전쟁에 참여한 전우들에 대한 예우를 당부하며 "군인
들이 개인의 권력과 소원과 명예, 이러한 욕심에서 우러나온 군
에서는 국민이 안 싸운다."라는 말을 남긴 바 있다.

채명신 장군은 육군사관학교의 전신인 조선경비사관학교를
졸업하고, 6·25 전쟁에 소위로 참전했다. 이때 특수유격전 부대였
던 백골병단을 지휘해 야전군인으로 명성을 쌓았다.

이후 채명신 장군은 육군 5사단장 시절 박정희 소장이 일으킨
5·16 쿠데타에 참여해 5·16 공신이 됐다. 하지만 쿠데타 성공 이후
"국민과의 약속을 지켜야 한다."라며 부대를 원대 복귀시켰고, 박
정희 대통령의 정계 입문 세 차례 정계 입문 권유에도 응하지 않
았다. 유신 이후에는 박정희 대통령에게 비판적인 직언으로 눈밖
에 나 대장 계급을 달지 못하고 군복을 벗었다.

채명신 별세에 대해 송영선 전 새누리당 의원은 26일 방송된

JTBC 〈정관용 라이브〉에서 "채명신 장군은 한국의 군인상을 제대로 보여 주신 분"이라며 "월남전에서의 역할이 없었다면 지금의 경제 기반이 만들어지지 않았다."라고 애도했다.

이어 송영선 전 의원은 "한국에는 채명신 장군 같은 군인이 정말 필요하다. 군인다운 군인, 진정한 군인이었다."라고 채명신 별세를 안타까워하며 고인의 명복을 빌었다.[2]

다음은 MBN의 보도 내용입니다.

황해도 곡산에서 태어난 고 채명신 전 중장은 육사 5기 출신으로 6·25 전쟁에 소위로 참전하는 등 평생 군인의 길을 걸어왔습니다.

채 전 장군은 5·16 때 이른바 혁명주체세력으로 급부상하며 박정희 전 대통령의 신임을 한몸에 받았지만, 유신에는 반대를 했던 인물입니다.

베트남전 당시 초대 주월 한국군 총사령관 겸 맹호부대장을 역임한 채 전 장군은 "100명의 베트콩을 놓치는 한이 있더라도 한 명의 양민을 보호한다."라는 말로 잘 알려진 인물입니다.

---

2 JTBC 방송 뉴스팀, 「채명신 장군 별세… 송영선 "한국에 이런 군인 필요해"」, 『중앙일보』, 2013년 11월 28일, https://www.joongang.co.kr/article/13254641

박정희 전 대통령이 무려 세 차례에 걸쳐 정치를 같이 하자고 했지만 거절했던 채 전 장군은 2004년 당시 박근혜 한나라당 대표가 당의 주요 직책을 맡아 달라고 요청한 것도 뿌리치기도 했습니다.

육군 2군 사령관을 거쳐 1972년 중장으로 예편한 채 전 장군은 스웨덴·그리스, 브라질 대사 등 외교관으로서의 역량도 발휘했습니다.

채 전 장군의 장례는 오는 28일 육군장으로 치러집니다.

MBN 뉴스 김명준입니다.[3]

끝으로 동아일보 기사입니다.

현충원 개원 이래 장군으론 처음
'40년 인연' 패티 김이 영결식 弔歌

'월남전의 영웅'은 장군 묘역이 아닌 파월派越 병사들이 묻혀 있는 병사 묘역을 선택했다. 25일 향년 88세로 별세한 채명신 초대 주월남 한국군사령관은 서울 동작구 동작동 국립서울현충원 내

---

3   MBN 뉴스, 「초대 주월사령관 채명신 예비역 중장 별세」, MBN 뉴스, 2013년 11월 25일, 동영상, 1:35, https://www.mbn.co.kr/news/politics/1556717

3.3m²(약 1평) 규모인 병사 묘역에 묻힌다.

국방부 관계자는 27일 "'파월 장병이 묻혀 있는 묘역에 묻어달라'는 고인의 유언을 받들기로 했다"고 말했다. 생전 26.44m²(약 8평) 규모의 장군 묘역에 묻히지 않겠다는 뜻을 밝혀왔다는 것이다. 장군이 장군 묘역에 안장되는 관행을 깨고 계급을 낮춰 병사 묘역에 안장되는 것은 현충원이 문을 연 이후 처음이다.

당초 국방부는 장군이 병사 묘역에 안장된 전례가 없다는 이유로 난색을 표했지만 부인 문정인 씨는 남편의 유언을 받아들여 달라는 취지로 청와대에 편지까지 보낸 것으로 알려졌다. 채 전 사령관이 묻히게 되는 곳은 2번 병사 묘역으로, 고인이 파월참전자회장을 맡으며 먼저 세상을 떠난 전우들을 추모해왔던 곳이다.

군 안팎에선 죽어서도 월남전 참전 전사자와 함께하겠다는 고인의 숭고한 뜻에 대한 찬사가 이어지고 있다. 고인의 빈소가 마련된 서울아산병원을 방문한 김관진 국방부 장관은 "채명신 장군은 군의 정신적 지주"라고 기렸다.

장례식은 28일 서울현충원에서 육군참모총장이 주관하는 육군장으로 치러진다. 영결식에선 가수 패티 김 씨가 조가弔歌를 부를 예정이다. 패티 김 씨는 월남전 당시 자비를 털어 월남에 위문 공연을 갔고, 이것이 계기가 돼 고인과 40년 이상 인연을 이어 왔다.[4]

---

4 손영일, 「"날 파월병사 묘역에 묻어달라" 故 채명신 장군 유언」, 『동아일보』, 2013년 11월 28일, https://www.donga.com/news/People/article/all/20131128/59188730/1

채명신 전 주월사령관님과 양문희 국회의원과 함께하는 모습

박세직 전 재향군인회장과 나 그리고 채명신 전 주월사령관

용산지부 창립 5주년: 채명신 명예회장. 양문희국회의원 모상문처장
('9%.10.9) 과함께 샴페인을 터트리는 이원호 회장

채명신 전 주월사령관님과 축하 샴페인을 터트리는 필자의 모습

제4장

전쟁의 상처를
봉사와 친선의
에너지로

기동봉사대의 발족

아, 따이한!

베트남 파병에서 돌아와, 군대에서 전역을 하고, 숨가쁜 사회생활에 몰두하다 보니 어언 15년의 세월이 흘렀습니다. 1988년! 그해는 서울올림픽이 개최되는 역사적인 해이기도 했습니다.

그동안 고통스런 베트남 전쟁 트라우마에 시달리기도 하였지만, 그래도 가물가물 잊혀져 가던 단어들! 베트남 파병, 베트남전, 따이한 등이었습니다.

어느 날 모 일간신문을 보다가 갑자기 눈에 확 들어오는 단어가 있었습니다.

'사회단체 따이한'의 회원 모집 광고였습니다. 베트남 전쟁에 참전했던 우리 전우들의 친목과 권익을 위해 출발하는 첫 사회단체였던 것이었습니다.

당장 전화를 걸어 석정원 회장을 만났습니다.

그렇게 다시 관심을 가지게 될 즈음, 그다음 해에 베트남참
전전우회가 발족되었고, 이는 후에 월남참전전우회로 명칭이
변경되었습니다.

당시 내가 살던 용산에도 베트남참전전우회가 발족되면서
예비역 소령 모상운이란 분이 초대 회장을 맡았습니다. 이후
'베트남참전 기동봉사대'가 발족되었는데, 제가 그 '기동봉사대
장'을 맡게 되었습니다.

기동봉사대 발대식 모습

나이는 들었지만, 우리가 다시금 군복을 입고 자발적으로 봉사 활동에 참여할 수 있었던 것은, 봉사 활동의 보람된 가치도 중요하지만, 베트남 전쟁 참전자였음을 무척 자랑스럽게 생각하는 자긍심의 발로가 아니었을까 생각되기도 합니다.

봉고 차량에 도색을 하고 경광등도 부착한 모습

　처음에는 한강 둔치 순찰로 시작해서 이태원 또는 용산역 노숙자들의 안전문제 등에까지 이르게 되었습니다. 꾸준히 봉사 활동을 하다 보니, 소문을 듣고 자진 동참하는 베트남참전전우들의 숫자가 50여 명까지 불어났습니다.

이렇게 일주일에 2회씩 야간 순찰을 하다가 끝나는 시간이면 늘, 봉사의 보람과 함께 대폿집에서 한잔하는 재미로도 이어진답니다. 무조건 시켜 먹고 난 후에 나갈 즈음이면 총무가 모자를 벗어서 한 바퀴 돌지요. 있는 사람은 있는 대로 없는 사람은 없는 대로 음식값을 내다 보니 우리는 늘 화기애애한 분위기였었지요.

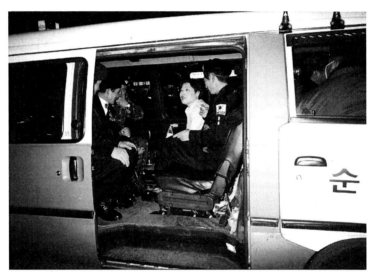

길거리에서 갑자기 쓰러진 환자를 순천향병원 응급실로 옮기는 모습

지하철의 남자 화장실 이곳은 전기 온열기가 설치되어 있어서 겨울철 노숙자들에게는 호텔급 잠자리 장소로 통했습니다.

왼쪽은 용산역 화장실에서의 노숙자들과의 대화 장면

그렇다고 이곳은 아무나 들어와 잠을 잘 수 있는 곳도 아니었습니다. 최고 보스와 그 밑에 중간 보스급까지 대여섯만이 사용하는데, 이들도 역장과의 약속대로, 막차가 지나가고 10여 분 후에나 들어갈 수 있었다고 합니다. 그 시간이면 술과 안주를 들고 들어가는 모습도 보였습니다.

이곳 용산역 광장에서는 '팔도민속장터'가 한 회에 일주일씩 주기마다 열리는데 규모가 제법 컸었답니다. 그런데 문제는 밤에 노숙자들이 이곳을 뒤져서 이것저것 술과 안주까지도 훔쳐가기에 이 문제 때문에 골머리를 앓고 있던 중, 이 문제의 해결을 위해 우리 '월남참전기동봉사대'에게 야간 경비를 위탁해 오게 되었습니다.

이 문제로 처음에 우리는 용산역 노숙자들 중에 왕초를 찾아야만 했습니다.

왕년에 '거지왕 김춘삼'에게서 보듯이, 겉으로는 이들의 세계가 난장판 같고 무질서 한 것 같아도 군대 이상의 엄격한 위계 질서가 있다는 것이지요.

당시 우리나라는 IMF로 인한 경제가 파탄 지경에 이르렀기에 실업자는 물론 사업 파산으로 인하여 가족을 버려 둔 채 이렇게 노숙자가 되어 막장으로 몰려 나온 사람이 부지기수였습니다.

이곳 용산역의 최고 보스도 이렇게 사업 부도에 파산으로 내몰린, 유식하고 머리 회전도 있는 자였지요. 그러기에 저와 이 보스와는 아주 자연스럽고 거리감 없이 동맹을 맺을 수가 있었습니다.

우선 장이 서는 동안에는 늘, 노숙자들의 저녁 식사와 그날 마실 술과 안주를 내가 책임져 주는 조건이었지요. 그 대신 어떠한 일이 있어도 밤에 팔도민속장터에는 얼씬도 안겠다는 약속을 받아 내었던 것입니다. 이런 노숙자들의 사회에서는 보스가 결정을 하면 일단 행동 대장급들이 이 명령 이행을 방해하는 자들은 엄격히 응징한다고 들었습니다. 물론 팔도민속장터 측에서도 좋은 조건이라며 환영하였습니다.

그 이후로도 가끔 이 노숙자 보스와 술 한잔씩 같이 하며 그들의 지난 예기와 더불어 인생 공부도 하게 되었답니다.

물론 이곳 야간(밤 12시~새벽6시) 경비를 담당하게 된 우리 회원 5명에게는, 당시 그 밖의 야식 및 적당한 술과 안주도 제공받았습니다. 우리 월남참전 기동봉사대원 중에서 IMF로 하루아침에 갑자기 실직자가 된, 몇몇의 우리 대원분들께는 이나마 큰 위안이 될 수 있었다는 것이 또한 보람이었습니다.

기동봉사대원들의 장례 운구 행렬

봉고 차량은 내가 구입을 해서 운행을 하고, 군복은 각자가
구입을 했습니다.

이후 이태원에 아주 싸고 '하꼬방' 같은 허름한 사무실도 하
나 마련했습니다.

이때 현판식을 하면서 이수호 용산경찰서장을 처음으로 초
청하였는데, 벽시계까지 마련해서 오셨습니다. 우리에게 지대
한 관심과 격려를 보내주신 분이셨기에 지금도 다시 만나 보
고 싶은 분들 중에 한 분입니다.

이태원 기동봉사대사무실 현판식에 벽시계를 전달해 주시는 이수호 용산경찰서장

당시 이수호 용산경찰서장
소주도 시원하게 잘 드셨지만, 생갈비구이를 아주 좋아하셨다.
이분과 가끔씩 찾아가던 사무실 근처 이태원의 명소 맛집이다.
이날은 현판식이 있었던 날이라서 우리가 군복을 입은 모습이다.

기동봉사대의 송년회

용산구민회관에서 진행한 송년회
출장 뷔페와 출장 밴드로 흥을 돋우었다.

사랑의 김치 보내기 운동의 모습, 용산역 앞에서

새로운 시작,
월남참전전우회 용산 회장 취임

또 다른 출발!

월남참전전우회 용산 회장 추대를 2년간이나 사양하다가 결국 초대 모상운 선배님에 이어 용산에서 회장직을 이어 받았습니다. 모상운 전 회장께서는 중앙회 사무총장으로 2년 전에 발령되어 가셨음에도, 용산 회장이 그간 공석으로 있었는데, 그 이유는 내가 기동봉사대에만 신경을 쓰겠다고 회장직 추대를 지속적으로 사양했기 때문이었습니다.

내가 처음으로 기동봉사대를 창설한 만큼, 기동봉사대에서 전후무후한 공과와 업적을 쌓고 싶었고, 활동에 대해 나름 각오와 꿈이 컸기 때문이기도 하였습니다.

그러나 회장직을 계속 공석으로 둘 수는 없다는 간곡한 권유에 따라, 회장직 추대를 수락하였습니다. 베트남참전전우회 용산 회장 이 취임식은 1993년 9월 9일 오후 6시 30분 용산구민회관 대강당에서 채명신 전 주월사령관님과 양문희 국회의원, 설송웅 구청장 등 내외 귀빈과 전우들의 박수 속에 거행되었습니다.

용산 구민회관 대강당에서
채명신 전 주월사령관님, 양문희 국회의원 등과 함께.

행사를 끝내고
채명신 전 주월사령관님, 모상운 처장, 설송웅 구청장과 함께.

취임식행사가 끝나고 제2부 순서로서는 출장 뷔페와 밴드들의 흥겨움으로 전우들의 여흥을 돋우었습니다.

행사가 끝나고 자축연에서 샴페인을 터트리는 모습

베트남참전전우회 용산 회장을 역임하면서 주위에 뜻을 같이 하고자 하는 분들이 늘어나고, 이분들의 도움으로 전국에서 제일가는 용산 지부로 발돋움하는 것이 가능하게 되었습니다.

부녀봉사회의 출범과 단체 명칭의 변천사

각 지역 동 단위로 베트남참전전우들을 적극 발굴하여 참여를 독려하는 한편, 베트남참전전우 부녀봉사회를 조직하기에 이르렀습니다.

이후 베트남참전봉사부녀회와 함께 적극적인 봉사 활동을 전개하기 시작했습니다.

이 시기에 유엔 평화유지활동부대PKO 부대가 창설되어 동티모르 등에 해외 파병이 시작되었고, 후엔 아프카니스탄, 이라크 등에도 파병이 이어졌습니다.

채명신 전 주월사령관께서는 해외 참전을 한 이들까지도 우리가 아울러서 동참을 시키려면 우리 베트남참전전우회를 해외참전전우회로 바꾸자는 제안을 하셨습니다. 말씀에 따라 이때부터 우리 단체의 이름이 해외참전전우회라고 바뀌어 명명되었습니다. 다음 사진에 해외참전전우회라는 이름이 보이는 이유입니다.

하지만 이 유엔 평화유지활동부대는 전투부대가 아닌 비전투부대이고, 봉급도 당시 300여만 원 이상씩이나 지급되다 보니, 지원병이 엄청 몰리면서, 서로 가겠다고 난리 법석이었습니다.

우리 베트남 참전 군인들은 국가의 부름에 따라 차출되어, 실제 전투에 투입되어 전사 또는 전상자가 많았었는데도, 당시 월 45~50불밖에 받지 못했습니다. 그들은 우리와는 비교조차 할 수 없는 조건에, 비전투 장병들이라는 사실을 직시하고, 우리는 다시 베트남참전전우회라는 이름으로 원상복귀하게 되었습니다.

그러나 1993년, 한국이 베트남과 다시 수교를 하게 되면서부터, 베트남 정부에서는 베트남참전전우회라는 이름에 거부감을 표시하면서, 명칭을 바꾸어 달라는 요구가 있게 되었습니다. 베트남참전전우회는 다시 단체의 이름을 월남전참전전우회로 바꾸었고, 그것이 오늘에까지 이르게 된 것입니다.

모금 운동과 자유로 무궁화 심기

베트남과 수교가 시작되기 무섭게 1993년 9월 27일 용산구민 회관 대강당에서 사이공 가무단이 내한하여 공연을 하면서, 따이한 2세(혼혈아) 직업훈련원 후원금 모금 운동에 적극 참여하였습니다.

한-베트남 직업훈련원 범 종교인 후원의 밤 행사에서의 모금 운동
사진 중앙 우측에 안경 쓴 분이 주한 베트남 초대 대사이고,
그 오른쪽에 필자가 보인다.

그 시절 베트남의 1인당 국민 소득은 90여 불이었고, 우리나라는 1만 9,000불이었습니다. 우리도 어렵게 살아 본 경험이 있기에, 그리고 이 혼혈 따이한 2세(라이따이한)들은 우리가 버리고 온 전쟁 피해자들이었기에 모금 운동은 큰 공감을 얻었습니다.

1994년 11월 24일 자유로
무궁화 묘목 270그루를 심었다.
이 현장 모습이 『중앙일보』 1994년 11월 25일자에 사진과 함께 게재되기도 했다.

KBS·『중앙일보』 주최 우수봉사단체상 수상

우리 회원들의 자랑스런 영광!

1994년 12월 KBS와 『중앙일보』가 주최한 전국 자원봉사경연대회가 열렸습니다.

김영삼 대통령이 참석하신 장충체육관 실황중계 시상식에서 우리가 우수봉사단체상을 받는 영광을 누렸습니다.

세 시간여에 걸친 중계에서는 김건모, 변진섭, 양수경, 현철, 최진희, 태진아 등 정상급 연예인 20여 명 및 KBS 합창단 김덕수 사물놀이패, 테너 박인수, 엄정행 씨 등 유명 성악가가 출연하여 축하공연을 펼쳤습니다. 그날의 행사를 TV 방송을 통해 보고 있던 월남참전중앙회 및 많은 전우들로부터도 격려와 축하의 인사를 받았습니다.

우리의 수상 영광은 우리 기동봉사대와 부녀회뿐만 아니라 월남참전전우회 모든 전우들의 기쁨이기도 하였기 때문입니다.

지금까지도 전무후무한 크나큰 영광의 성과는 저와 함께하여 주신 기동봉사대원분들과 부녀회원님들의 투철한 봉사 정신이 있었기에 가능하였던 것이었습니다.

이 지면을 빌려 그 당시 함께해 주신 전우 동지 여러분께 다시 한번 감사의 마음을 전합니다.

사랑의 봉사자
한마음 축제

- 일 시 : 1994년 12월 20일 오후 2시~5시 30분
- 장 소 : 경문체육관
- 주 최 : ⓢ中央日報 한국방송공사 한국사회복지협의회
- 협 찬 : ◯◯◯◯◯ 삼성그룹 Ⓢ제일은행 Ⓟ포항제철
- 진·행 : CAN (Corea Artism Network)

中央日報 주최 전국자원봉사 경연대회

1994년 12월 25일 일요일

우수봉사단체상 수상

대한해외참전전우회 용산지부

▲대한해외참전전우회 용산지부는 중앙일보와 K·B·S가 주최한 「전국자원봉사경연대축제」에서 우수봉사단체상을 수상하고 기념촬영.

KBS 한국사회복지협의회와 『중앙일보』가 공동 주최한
제1회 전국자원봉사 경연대회에 참여한 32만여 명 가운데서
영광의 우수봉사단체상을 수상(1994. 12. 20.)

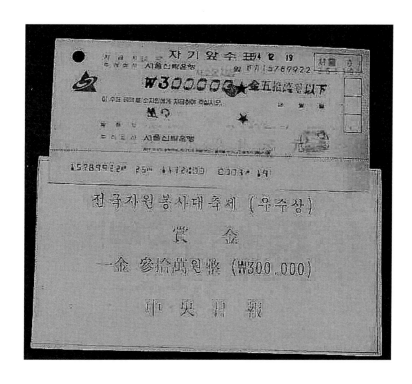

당시 우수봉사단체장을 수상하면서 부상으로 30만 원도 받았
는데, 이는 이후 봉사 활동을 확대해 가는 데 요긴한 밑거름이
되었습니다.

사회복지재단 '창인원'과의
자매결연 및 지원

우리 기동봉사대는 양평에 있는 사회복지법인 '창인원'과 자매결연을 맺었습니다.

'창인원'은 뇌성마비가 심하거나, 지적장애아 또는 지체가 정상적으로 발달되지 않은 어린이들을 수용하는 복지시설이었습니다.

원장과 이사장은 부부로서 같이 사회복지학을 전공한 박사학위 소지자들이었는데, 두 사람이 결혼 당시 양가에서 받은 아파트 두 채를 처분해서, 이 사회복지법인을 설립하였다고 합니다. 양평 구석진 곳에 건물을 짓고 밭도 일구면서 아주 어렵고 열악한 가운데 자비와 사랑으로 운영하고 있었습니다.

자매결연을 맺으면서 우리는 최행자 미8군 가정문제연구소장과 카미서리 물품관리사 및 물품관리 지배인의 도움을 받아, 트럭 1대분의 식품과 그 지난 달 우수봉사단체상 부상으로 받은 30만 원, 그리고 기동봉사대원과 부녀봉사대원들이 모금한 140여 만 원까지 합하여 전달하였습니다.

경기도 양평 소재 '창인원'과의 자매결연식

자매결연 기념촬영 모습

그 당시만 해도 정부에서 지급해 주는 보조금이 실비의 30퍼센트 정도에 불과했는데, 그 열악한 재정을 가지고 80여 명의 정박아나 지체부자유 아이들을 먹이고 돌본다는 것이 얼마나 힘들었겠습니까.

우리가 부녀회원들과 같이 이곳에 들러 어린 원생들을 방문하다 보면, 이 원생들이 우리 부녀회원들의 바지나 치마자락을 잡아 끌면서 "엄마, 엄마!"를 불러 댈 때도 있었습니다. 그럴 때는 정말 눈시울이 달아오르고, 가슴이 아려오는 것이었습니다. 부모가 있는 아이들도 있지만, 대다수는 부모에게서 버려진 아이들이라 하였습니다.

목욕, 청소 등은 인근 군부대 봉사지원병들의 도움을 받기도 하고, 학생들의 봉사 활동 지원도 받지만, 무엇보다 어려운 것은 경제 문제라고 했습니다.

그러니 어려운 재정적 문제를 해결하고자, 그곳에서는 참기름, 콩기름도 짜서 팔고, 비누 등도 만들어 판매하는 것이었습니다. 우리는 어떻게든 도와야겠다는 생각에 봉사에 최선을 다했습니다. 이렇게 성심성의껏 최선을 다하다 보니, 전국적으로도 평판이 좋아져, 지금은 원생들과 선생님, 기타 종사자 등 창인원 식구가 모두 450여 명이 넘는다고 합니다.

이제는 시설도 잘 갖추어져서 지체아들이 불편함 없이 생활하게 된 것을 보고 놀랐고, 봉사를 담당했던 우리들로서는 가

습이 뿌듯해졌습니다. 요즘은 정부나 지자체에서, 비록 전액
은 아니지만, 그때에 비해서는 상당히 많은 일정 금액을 지원
하여 준다고 하니, 무척 다행이었습니다.

지금도 '봄의 음악회'나 '가을 바자회' 이렇게 두 번의 큰 행사
때에는 가급적 참석하고 있습니다. 원장과 이사장께서는 항상
반갑게 맞아 주시고, 좀 더 있다 가라며 계속 잡아 두려고 할
정도로 우리의 봉사를 고맙게 기억해 주고 있습니다.

그런데 그 몹쓸 코로나 때문에 2020년과 2021년 두 해 동안은
행사를 하지 못해 아쉬움이 큽니다. 하지만, 머지 않아 곧 행사
를 재개할 수 있으리라 기대해 봅니다.

삼풍백화점 붕괴 대형 참사 사건

참사 두 시간여 만에 우리 기동봉사대가 출동하다

세기적 사고 삼풍백화점 붕괴 사고 현장

출처: 1995년 6월 29일, 경향신문 [아이엠피터]

삼풍백화점 붕괴

5층 폭삭, 千여 명 死傷 최악 惨變

이제 하오 5시 서울 서초동

붕괴순간과 붕괴직후

1995년 6월 29일 오후 5시 57분! 단 20초 만에 건물의 모든 기둥이 무너져 내려, 건물 안에 있던 1,500여 명의 사람들은 건물 잔해 속에 파묻히게 되었고, 사망자만도 510명이나 되는 엄청난 대형 사고가 일어났습니다. 구조 작업도 보름 이상 진행되었습니다. 바로 삼풍백화점 붕괴 사고였습니다. 사고 소식을 들은 우리 기동봉사대는 두 시간 만에 사고 현장에 도착하여 구조 작업에 착수하였습니다. 그 무더운 여름 뙤약볕 아래서 우리가 흘린 땀은 헤아릴 수 없고, 그 현장의 기억을 잊을 수도 없습니다. 그때의 처참하고 불행했던 최악의 건물 붕괴 사고는 내가 봉사 활동을 하면서 겪은 일 중에서 가장 기억에 남는 역사적 현장이었습니다.

사고 현장의 우리 봉사대원들과 봉사부녀회원들의 봉사 모습

그 당시 군복을 입은 우리 봉사대원들이 구조 활동을 하는 것을 보고, 군부대에서 현역 군인들이 나와서 구조 활동 하는 것으로 오인한 사람들이 많았습니다. 실은 그들이 모두 우리 기동봉사대원이었는데, 이걸 아는 사람은 그리 많지 않았던 것입니다. 봉사란 남이 잘 몰라줄 때 하는 봉사가 가장 값진 것이라고 생각하며 우리의 임무에만 최선을 다했습니다.

당시 그리도 오랜 날 오랜 시간, 몸을 아끼지 않으시고 땀 흘려 주신 이예숙 봉사부녀회장님과 이하 부녀봉사회원님 모든 분들께도 다시금 감사드립니다.

우리 봉사대원들과 오른쪽의 김덕용 국회의원

삼풍백화점 붕괴 사고 시 봉사 활동 모습들

무더위 속에서의 구조 작업
고되고 어려운 일이었는데, 우리 부녀봉사회에서
차려 주는 점심 식사는 정말 정말로 꿀맛이었다.

참고로 당시 삼풍백화점 이준 회장은 업무상 과실치사로 징역 7년 6개월이 확정되어 복역하다가, 출소 후 2003년 10월 10일 81세로 사망했고, 아들 이한상 사장은 2004년 몽골로 건너가 선교사로 지내고 있다고 합니다.

베트남 빈딩성 성장의 초청장

용산구청장과의 오찬

1996년 8~9월경으로 기억됩니다.

오전 일찍이 전화 한통이 왔습니다. 전화를 받아 보니 당시 설송웅 용산구청장이었습니다.

설송웅 구청장은 4·19 회장을 역임하셨고, 민선 초대 용산구청 장에 이어 제16대 국회의원을 지내신 분입니다. 4·19 당시 18세로 서울 중동고등학교 학생회장이었고, 총알이 머리 우측을 스치는 위기까지도 겪었던 분이었습니다. 1960년 4·19 혁명 당시 이승만 대통령을 대면하여 하야를 권고하고, 결국 하야를 받아 낸 다 섯 명의 시민혁명 대표 중 한사람이었던 이분은 역사강의 전 문가 설민석 선생의 아버지이기도 합니다.

"이 회장님, 점심이나 같이 합시다. 상의드릴 것이 좀 있거든요."

제가 있는 사무실이 당시의 용산구청에서 도보 거리로 10여분 거리에 있기에 "그럼 우리 사무실 옆의 '한강 생태'집에서 만납시다."라고 하고 약속 장소로 나갔습니다.

부구청장을 대동하여 온 구청장께서 나에게 상의하고 싶다던 일이란, 용산구와 베트남 한 지역과의 자매결연에 관한 것이었습니다.

주 베트남 대사와 호치민 시 총 영사관에 공문으로 이곳 용산구와 자매결연을 맺을 적당한 그곳의 도시 한곳을 선정해 주십사 하고 부탁을 했는데, 답이 아래와 같이 왔다는 것이었습니다.

베트남과 국교를 맺은 지가 이제 2년여에 불과하고, 사회주의 국가이기 때문에, 경제나 문화 교류에 전혀 도움이 되지 않습니다.

설송웅 구청장께서는 격앙된 어조로 말을 이어 갔습니다.

"그런 무성의하고 책임감도 없는 친구가 대사이고 총영사라니 참으로 한심합니다. 그러니 우리 이원호 회장님께서 베트남과의 자매결연을 민간인 차원에서 추진해 주시면 안 되겠습니까?"

처음엔 난감한 얘기로 들렸으나, 어쨌든 최선을 다해 보겠다는 답을 주고 나서, 베트남참전전우회나 각 여행사 등을 돌며 자매결연이 가능한 도시를 수소문해 보았습니다. 고생 고생한 끝에 베트남 퀴논시와 자매결연을 맺기로 하고, 추진을 위해 빈둥성 성장으로부터 초청장을 받는 데 성공을 하였습니다. 중국이나 베트남 등 사회주의 국가에서는 지방 자치권이 시에 있는 것이 아니라 성에 있었기 때문에 성장으로부터 초청을 받아야 했습니다.

제가 퀴논시를 택한 첫 번째 이유는, 인천시 비슷한 큰 항구 도시이고, 한진그룹 시작의 발판이 된 곳이었고, 미군 비행장이 있었으며, 우리 맹호부대가 주둔했던 곳이기도 하였다는 것입니다.

또 한 가지는 이곳에 여자교육대학교가 있는데, 교육 환경이 열악한 이곳에 삼성전자에서 중고 컴퓨터를 무상으로 대량 보내 주고, 교육도 지원해 주며, 적지 않은 기금까지도 마련해 주는 등 이미지 관리를 잘해 왔다는 것입니다. 이런 좋은 이미지 덕분에 퀴논시는 우리와의 교류를 적극 원한다는 것이었습니다.

그렇게 우여곡절 끝에 빈딩성의 초청을 받은 우리는 방문 계획을 수립하느라 분주하게 움직였습니다. 1개월을 준비한 끝에 방문 일정을 확정할 수 있었습니다.

지방 자치가 시작된 지 얼마 되지 않은 때여서, 당시 우리 베트남 참전자들은 자비로 일인당 130여만 원씩을 들여 이 행사에 참여하고, 나머지 공무원들 모두는 공적 업무 수행비로 출발하게 되었습니다.

옛말에 재주는 곰이 넘고 돈은 사람이 챙긴다더니! 기분이 좋을 리는 없었지만, 우리는 이 모두를 보람으로 여기기로 하였습니다.

베트남 퀴논시 방문계획

☐ 기　　간 : '96. 11. 8(금) ~ 11. 14(목) - 6박 7일
☐ 방문도시 : 베트남 퀴논시(인민위원회)
☐ 출국일시 : '96. 11. 8(금) 08:55 VN 939편
　　　　- 06:00 용산구청광장 집결(06:10 김포공항으로 출발예정)
☐ 귀국일시 : '96. 11. 14(목) 14:05 VN 936편
☐ 방문목적 : 자매결연을 위한 사전 기관방문 및 업무협의
☐ 방문단 역할
　　○ 상대도시와 우호적관계 정립 및 자매결연 의사협의
　　○ 자매결연추진시 구체적인 일정 및 방법협의
　　○ 경제교류 환경 및 가능성 파악

연번	직　위	성　명	생년월일	주　소
1	부 구 청 장	남 상 우	42. 4. 6	용 산 구 청
2	시 민 국 장	김 석 봉	37. 5. 18	용 산 구 청
3	지 적 과 장	성 광 수	46. 12. 9	용 산 구 청
4	사회진흥과장	조 학 봉	42. 10. 25	용 산 구 청
5	용 문 동 장	김 용 찬	38. 10. 25	용 산 구 청
6	의회협력계장	이 경 춘	49. 2. 15	용 산 구 청
7	비 서 실	나 한 필	60. 5. 30	용 산 구 청
8	구 의 원	장 진 국	38. 3. 19	용산 구의회
9	〃	성 장 현	55. 5. 17	용산 구의회
10	〃	윤 종 철	46. 11. 5	용산 구의회
11	전 문 위 원	박 혁 선	49. 2. 15	용산 구의회
12	경 제 인	곽 정 복	35. 2. 27	
13	〃	박 종 승	54. 9. 7	
14	〃	심 원 섭		
15	해외참전전우회	이 원 호	48.12. 27	용산구 한남1동85-4
16	〃	황 성 하	40 8. 17	용산구 산천동157
17	〃	임 순 훈	37. 10. 25	인천시동구만석동23
18	〃	김 신 의	42. 6. 21	용산구 보광동265-290
19	〃	최 상 만	47. 2. 15	용산구 보광동265-299
20	〃	배 계 헌	39. 9. 17	용산.보광27-17
21	〃	모 상 운	37. 3. 20	강동구고덕1동531-3
22	〃	성 기 업	44. 8. 31	용산구이태원동34-86

베트남 퀴논시 방문일정

일자	교통편	시 간	일 정
11. 8 (금)	VN 939	08:55	· 서울 김포공항출발
	버 스	12:00	· 호치민 도착
		13:00	· 한국 총영사관 방문
		14:00	· 호치민시 시찰 　- 통일궁, 역사박물관, 전쟁박물관, 한국군사령부, 　　노틀담사원등 시찰
		19:00	· 식사후 호텔투숙
11. 9 (토)	버 스	07:00	· 아침식사
		08:00	· 호치민시 시찰
		11:00	· 공항도착
	VN 346	12:10	· 호치민출발
	버 스	13:10	· 퀴논 도착(공항위치:푸캇) · 맹호1연대본부 시찰 · 점심식사
		15:00	· 퀴논시 인민위원회 도착 · 친선방문
		18:00	· 회식
		20:00	· 휴식 및 호텔투숙
11.10 (일)	버 스	07:00	· 아침식사
		08:00	· 퀴논시 시찰 　- 타이손(맹호기갑연대),안케638고지 전승비참배, 　- 점심식사(차이손) 　- 뒤폭(맹호사령부,지원부대)
		19:00	· 퀴논시 인민위원회와 자별식사 후 호텔투숙

일자	교통편	시 간	일 정
11.11 (월)	버 스	06:00	· 호치민 출발 - 꾸몽고개(통일전물물교환소), 송카우(맹호26 연대), 오작교 작전기념탑
		09:00	· 투이호아 도착(아침식사), 복로고개(통일전 물물교환소), 청룡바위, 반닌,닌호아,백마부대기념탑, 100군수사령부
		14:00~ 19:00	· 나트랑도착(점심식사 및 시내시찰,해변휴식 · 저녁식사
		19:00	· 휴식후 호텔투숙
11.12 (화)	버 스	07:00	· 아침식사
		08:00~ 11:00	· 나트랑시내 시찰
	VN272	12:30	· 나트랑출발-다낭경유
	버 스	16:00	· 하노이 도착
		16:00~ 18:00	· 하노이시내 시찰
		18:00	· 저녁식사
11.13 (수)	버 스	08:00	· 아침식사
		09:00~ 12:00	· 한국대사관 방문 및 점심식사
		13:00	· 하노이시찰 - 문학사원, 한기둥사원,호치민묘방문
		19:00	· 호텔투숙
11.14 (목)	VN 936	08:00	· 하노이출발(서울행)
		14:05	· 서울 김포공항도착

베트남 방문 첫날 호치민시에 도착

호치민 시가지 관광 중 만난 거리 행상들의 극성스런 모습

1996년 당시 베트남의 1인당 국민 소득은 우리나라의 100분의 1도 안 되는 125불 정도였습니다. 우리나라는 1만 6,000불 정도였습니다. 내가 이곳 베트남에 파병 되었을 당시에는 양국의 1인당 국민 소득이 비슷하였었는데 말입니다.

베트남 호치민시에 도착한 우리는 우선 총영사관에 들른 다음, 초대 용산구 의원을 하다가 사표를 내고, 이곳에 와서 '블라인드' 생산 공장을 하고 있던 분의 초대로, 공장을 견학하고, 이곳저곳 들리며, 시내 관광을 마쳤습니다.

호치민 총영사관 앞에서 맨 우측의 필자의 모습

호치민시 블라인드 공장 기숙사 앞에서

퀴논시에서 2일간의 일정

호치민시에서 1박을 하고, 그 이튿날, 국내선 비행기를 타고 호치민시에서 퀴논시로 향했습니다.

이곳에서는 우리의 내방을 반갑게 맞겠다며, 공항으로 직원들을 보내 안내를 하였습니다. 공항에서 퀴논시청 옆의 우리가 묵을 호텔로 이동해서 여장을 푼 다음, 우리는 다시 퀴논시의회를 방문하기 위해 퀴논시청으로 향하였습니다.

그곳에서 기다리고 있던 퀴논시 측에서는 환영 꽃다발까지 보내오는 등, 반가움을 표시하여 주었습니다.

퀴논에 도착 당시 시청 측에서 건네주는 환영 꽃다발을 받는 모습

퀴논시에서 인민위원회를 친선 방문한 다음, 저녁 만찬 일정까지 시간을 보내기 위해 호텔에서 끼리끼리 모여 발마사지도 받다가, 저녁 시간에 이르자 호텔 만찬 장소로 이동하였습니다.

퀴논시와 첫 번째 만찬장의 모습
좌측이 용산, 우측이 퀴논 측의 좌석이다.

퀴논시와의 사전 협의에 따라, 첫날 만찬 비용은 용산구에서 전액 지불하기로 하였고, 다음 날에는 퀴논시에서 호텔 만찬 비용을 지불키로 되어 있었습니다.

당시 그곳에 호텔은 퀴논시청 바로 옆에 있었는데, 규모나 시설

자체가 상당히 열악하였습니다. 당시 통역은 40대 여성분이었는데, 김일성대학을 나왔다고 해서 좀 놀랍고 신기하게 느껴졌습니다.

구청 관계자들과 일정표를 짤 때, 나를 월남참전전우회의 회장이라고 하면 혹시나 쿼논시 측에서 거부감을 느끼지 않을까 우려되어, 일부러 용산구 경제인협회 회장이라고 칭하기로 하였습니다. 사실은 나와 함께 온 우리 월남참전전우들도 물론 사전에 경제인들로 분류되어 이곳에 오게 된 것이었습니다.

저녁 식사와 함께 양주, 맥주로 만찬이 이어지고 있는데, 분위기가 너무도 서먹서먹하고 시원찮은 것 같아, 내가 일어서서 여성 통역관에게 제안을 하였습니다.

"우리 일행 중에 가수가 한 분 있는데. 어떻습니까, 노래 한 번 시켜 볼까요?"

냉랭한 분위기 속에서 박수가 터져 나왔습니다.

우리 측에서는 내가 무슨 말을 하는 것인가 하고 고개를 갸우뚱하는 것이었습니다.

나는 노래 잘하는 우리 참전 전우 한 사람을 지목하며 일어서라고 했습니다.

그 전우가 일어섰는데, 다시 또 박수가 이어지자, 반주도 없이 「바위섬」이란 노래를 불렀습니다. 박수와 함께 앵콜 소리가 나오자, 내가 다시 일어나 다른 가수가 한 분 더 있으니, 이번에는 그 사람 노래도 들어 보자고 했습니다.

이내 일어서는 사람은 나훈아 노래를 아주 잘하는, 성기엄이란 사람이었는데, 자칭 가수 성훈아였습니다.

일어서자마자 나훈아의 「고향역」을 멋들어지게 불러 냈습니다.

물론 당연히 앵콜이 뒤따랐습니다. 그러면서 술잔을 부딪치는 소리가 늘어 가고 빈 양주병도 늘어나기 시작했습니다. 분위기가 반전되어 즐거운 시간을 가질 수 있게 되었던 것입니다.

하지만 우린 다음 날의 일정을 위해 두 시간을 넘기지 않고 모두가 일어섰습니다.

그렇게 예정된 첫날의 만찬 일정을 끝내고, 술을 한잔씩 하였지만, 이른 초저녁 시간인지라, 무료한 마음에 우리 베트남 전우들과 숙소에서 가까운 공원에 올랐습니다.

공원 한가운데 정자 아래에 조금 큰 매점이 있었습니다. 그곳 앞에 설치되어 있는 탁자에 앉아서 우리가 술안주 하려고 가져온 라면 다섯 개를 그 매점 주인에게 주면서, 이중에 세 개만 끓여 주고 두 개는 당신이 가지라고 했습니다.

조금 후에 라면을 가져왔는데, 뜨거운 물만 부어서 그냥 가져온 것이었습니다.

1996년도에는 베트남에서 라면이 대중화되지도 않았고, 시중에서 흔하게 구할 수 있는 것도 아니었기에 당연 그럴 수도 있었을 것입니다.

그래서 손짓 발짓 다하고, 시계 초침을 가리키며, 5분을 다시 끓여 달라고 했더니 이번에는 아주 잘 끓여서 가져왔습니다. 이것으로 술안주 삼아 종이팩 소주를 마시다 보니, 매점 안쪽으로 뱀 담금주가 보였습니다. 예쁜 녹색의 독사 세 마리가 들어 있는 것이었습니다. 그래서 내가 그걸 손가락으로 가리키면서, 입을 딱 벌리고 징그럽다는 듯이 인상을 쓰며 머리를 양쪽으로 흔들어 보였습니다.

그랬더니 그 매점 주인장이 내게 그게 무슨 소리냐는 듯이 대꾸를 하는 것이었습니다. 허리를 잔뜩 구부리고서는, 얼굴 표정은 몸이 몹시도 아프다는 듯이 찡그리고, 한 손으로는 등허리를 두들기다가, 다시 뱀술을 가리킨 후, 한 잔 따라 마시는 시늉을 하더니, 이내 화사한 얼굴로 허리를 펴고는, 엄지척 손가락을 세워 흔들었습니다.

아주 좋다는 의미! 바로 이게 만국 공통어 보디랭귀지가 아닌가 싶었습니다.

내가 뱀술을 몰라서 그런 것이 아니고, 그 술을 흥정하기 위한 제스처였기에, 잠시 뱀술을 쳐다보다가, 고개를 끄덕끄덕 하면서, 그 주인장에게 1불짜리 한 장을 흔들며 양 손가락을 쫙 폈습니다. 그런 후에 달러를 든 한 손은 그에게, 또 뱀술을 가리킨 다른 한 손은 나에게 향했습니다. 저 뱀술을 10불과 바꾸자고 말입니다.

그랬더니 그는 고개를 흔들더니 양 손가락을 쥐었다 폈다 두 번 하는 것이었습니다.

20불을 달라는 얘기였습니다.

결국 15불에 흥정이 되었습니다. 주인장은 뱀술을 내게 건네 주면서, 다 마시고 나서 한 번 더 재탕을 해서 드시라고 보디랭귀지로 알려 주었습니다.

우리는 그 뱀술을 호텔로 가지고 와서 한 잔씩 더 하고서야 하루를 마감했습니다(물론 70퍼센트 정도 남은 술은 뱀은 건져 버리고, 한국으로 돌아올 때 가지고 왔습니다).

이튿날 아침이 밝아 오자, 오전에 재래식 시장을 돌아보았습니다.

재래식 시장에서는 과일, 야채, 생선이나 고기 등을 평범하고 일반적인 물건들을 판매하고 있었습니다. 그런데 한쪽에서 까만 새끼 돼지가 보이기에, 이 새끼 돼지도 파는 것이냐고 물었더니, 파는 것은 맞는데, 새끼가 아니고 다 큰 돼지라고 하는 것이었습니다. 우리나라 토종 흑돼지보다도 더 작은 이것이 이곳의 토종 돼지라고 하는데, 이 고기가 소고기값보다 몇 배

더 비싼 만큼 맛이 아주 좋습니다.

그렇게 시장을 구경한 후에는 일정에 따라 퀴논의 항구를 둘러보았습니다.

퀴논 항구의 모습
좌측으로는 정박한 배가 보인다.

항구 바로 옆에는 미군이 사용하던 넓디넓은 비행장 터가 있었는데, 이 넓은 부지를 우리가 사용하겠다고 하면, 20년간 무료로 대여하겠다는 제의를 하기도 하였습니다.

이후 우리는 이곳 퀴논시에 있는 여자 교육대학교를 방문하였습니다.

도착한 날은 휴일이라서 모두가 기숙사에 몰려 있었습니다. 삼성전자에서 도움을 준다는 컴퓨터 교육실을 관람하고, 4층으로 지어진 기숙사로 안내되어 돌아보니, 상상외로 열악한 환경이었습니다.

기숙사가 마치 성냥갑을 쌓아 놓은 것 같이 좁디좁고, 기숙사의 방이란 곳은 일어서서 걸을 수조차도 없는 다락같은 방들로 길게 이어져 있었습니다.

그래도 교육대학의 기숙사란 곳인데 어찌 이렇게도 열악할수가 있을까 믿어지지 않을 정도였습니다. 그래도 기숙사에서생활하는 학생들에게도 우리의 방문이 예고되어 있었는지, 닭장같은 비좁은 곳의 창문들을 활짝 열고, 모두들 앉은 채로 얼굴들을 내밀고, 손을 흔들며, 반갑게 맞아 주는데, 왠지 서글픈마음이 가득하게 느껴졌습니다.

그렇게 오전 오후의 시간을 보낸 후, 우린 다시 호텔 연회장으로 들어갔습니다.

퀴논 측과는 전날에 이어 두 번째 만남이기에 상호 간의 어색함이 조금은 걷혀 있어서 편안한 분위기였습니다.

오늘은 가다듬은 서약 문서에 상호 가조인 서명을 하는 날입니다.

서약 문서 서명은 형식적인 절차이니 문제 될 것이 전혀 없고, 우리는 오늘의 만찬을 어떻게 즐기느냐가 솔직히 가장 큰관심사였고, 기대감이었습니다.

연회장에서 만난 통역관이 오늘 이곳에 여가수 두 명이 초청되어왔다고 우리에게 귀뜸을 해 주는 것이었습니다.

전날 분위기를 돋우기 위해 내가 농담으로 가수까지 왔다고 하였던 것인데, 이것을 진짜로 알았는지, 아니면 농담인 줄 알면서도 그것과는 상관없이 초대한 가수들인지는 모르지만, 진짜 여가수 두 사람을 초청했던 것이었습니다.

나는 용산구의 경제인단 대표!

드디어 두번째 만찬장에서 자매결연에 관한 가조인식이 시작되었습니다.

내용을 공표하고 각각 가조인 서명을 하고 난 다음, 우레 같은 박수가 끝나자 이어서 여성 통역관이 말했습니다.

"각자의 잔에 술을 가득 부으세요, 마시기 전에 건배 제의가 있겠습니다. 건배 제의 하실 분은, 용산구의 경제인 대표 이원호 님입니다!"

이어서 내가 일어나 외쳤습니다.

"퀴논과 용산의 무궁한 발전과 친선을 위하여! 위하여! 위하여!"

이 건배 제의가 끝나자 마자, 여가수 두 사람이 교대로 템포 빠른 베트남 노래로 흥을 돋우어 갔습니다.

필자의 양쪽으로 보이는 퀴논시 무역 회사 사장님들
이들의 수출 상품이라야 당시는 거의가 가내 수공업 제품들뿐이었다.

그런데 통역관이 나를 경제인 대표라고 소개한 이후부터는
가수들은 물론 의회의장 그리고 퀴논시장에서 무역 회사 사장
들까지 모두 나한테만 와서 술을 따르고, 추파를 던지는 등 티
가 날 정도로 너무 편파적 우대를 하기 시작했습니다.

이렇게 모두가 내게만 관심이 집중되니까 남상우 부구청장(후
에 청주시장 역임)이 이런 말씀을 하시는 것이었습니다.

"사회주의 국가에서는 뭔가 다를 줄 알았는데, 여기도 역시
돈이 최고, 경제가 최고구만!" 하면서 껄껄 웃으셨습니다.

퀴논시청 청사에서 시장과 의회의장 등과 함께 기념촬영

퀴논호텔 두 번째 만찬장의 모습

빈딩성을 방문하다

퀴논시와의 자매결연 가조인식을 마치고, 일정 계획에 따라 다음 날에는 우리에게 초청장을 보내 준 빈딩성 성장을 만나기 위해 빈딩성을 방문하였습니다.

퀴논 시장이나 의회 의장보다도 실제 모든 결재권을 가지고 있는 자는 바로 빈딩성 성장이었습니다. 우리가 이동 버스에서 내리자 성장이 반갑게 맞아 주며, 직접 안으로 안내까지 하는 성의를 보여 주었습니다.

모두가 자리에 앉자, 우선 시원한 음료를 제공하였는데, 깡통 커피였습니다.

프랑스의 기술 원조로 올해부터 생산이 시작됐는데, 맛도 반응도 아주 좋다며 자랑을 하였습니다. 그런 얘기를 듣다 보니, 25년 전, 우리나라에서 최초로 만들어진 깡통 김치 생각이 잠시 스치는 것이었습니다. 그리고 이어서 탁자 위에 놓여진 350밀리미터 생수 병을 가리키며, "이것도 이제 우리가 직접 만들고 있는 생수랍니다." 하며 생수 생산도 자랑을 하였습니다.

그리고는 자기네들 국민 개인 소득이 125불밖에 안 되기에, 경제개발이 시급한 실정이라고도 솔직하게 고백하는 것이었습니다. 그런 말을 듣던 남상우 부구청장이 능숙한 영어로 말을 받았습니다.

"우리나라도 6·25 전쟁이 터지고 나서 국민 소득이 100여 불밖에 안 됐었지만, 최선을 다해 노력한 결과로 오늘의 발전을 이루었지요, 베트남도 이제부터 경제 개방을 하였으니까 머지않아 우리처럼 빠른 발전이 있을 것입니다."

빈딩성 성장과의 담소가 끝나고 난 후의 기념촬영

그때 1996년도 우리의 인당 국민 소득이 1만 6,000불을 넘어가고 있는 실정이었으니, 엄청난 차이였던 것입니다.

실제로 우리가 베트남에 참전을 하였을 당시만 해도, 베트남과 우리의 경제 수준은 거의 비슷했었는데, 그간 우리의 발전이 얼마나 급속도로 이루어졌는지 가히 짐작할 수가 있었습니다.

빈딩성 전쟁기념관의 모습(우리 군과 미군에게서 노획한 물건들)

이렇게 상견례를 마치고 난 후, 빈딩성의 전쟁기념관으로 우리를 안내했는데, 그곳의 전시품들을 보고 있노라니 참으로 딴 세상에 온 듯한 기분이 들었습니다.

위에 사진 말고도 많은 전시품이 있었는데, 그곳에는 우리에게서 노획한 총과 군화 및 장비들 그리고 수통 같은 것들까지도 진열되어 있었습니다.

24년 전의 추억을 떠올리자니 문득 조금은 섬뜩한 느낌이 들기도 했습니다.

치열했던 격전지의 안케고지와 꾸멍고개

그렇게 빈딩성의 방문도 마치고 근처에 꾸멍고개로 향했습니다.

꾸멍고개라 하면 베트남 전쟁 당시 전략적 요충지였고, 1번 국도에 해당하는 19번 도로는 자유 베트남군 2군단의 핵심통로이자 유일한 보급로였습니다.

내가 백마부대에서 파병되어 참전해 있을 당시, 1972년 4월 11일~4월 26일에 그 치열한 전투의 현장이 바로 이곳이었습니다.

적 사살 680명, 노획한 화기 77정이라고는 하지만, 아군의 피해도 엄청나서 전사 63명, 부상 96명이나 되었습니다. 단일전투로는 가장 치열하고 고전을 면치 못했던 전투의 장이기도 한 것입니다.

맹호 안케패스 전투로 치열했던 638고지의 당시 모습

　요약하자면, 한국군 1개 소대가 버리고 간 전술 기지를 규모 미상의 적군이 점령하였고, 이를 다시 회복하기 위해 한국군 7개 중대가 공격했다가 큰 피해를 입은 전투였습니다.

　특히 공격의 선봉을 담당한 맹호 1연대 8중대의 경우 95명 중에서 전사 17명(중대장 김용강 대위 포함), 부상 30명으로, 그야말로 중대가 박살난 참담했던 전투가 벌어졌던 곳입니다.

　가슴 아픈 과거를 뒤로한 채, 우리는 꾸멍고개 대로변에 있는 유일한 구멍가게에 들려, 그곳의 우물물을 퍼올려 마셔도 보고, 구멍가게에 가서 물건도 샀습니다. 고량주를 시켰더니, 담금 고량주를 찌그러진 주전자에 담아서 잔과 함께 가게 앞의 탁자에 내다 주었습니다. 천장에 매달린 말린 생선을 가리키며, 몇 개 달라고 하였더니, 아니나 다를까 예전 우리가 이곳에 파병되어 근무할 때와 별반 다르지 않게 그저 넓은 사기 대접에 우리가 주문한 고량주를 부어 불을 붙여 주며, 그 위에 석쇠를 얹어 주는 것이었습니다.그동안 지나간 세월이 24년이 넘었건만, 정말 이곳은 조금도 변함이 없었습니다. 그런 데다가 앞에서 곡괭이와 삽을 들고 비포장도로 보수 작업을 하는 인부들이 대여섯 명 보이는데, 한결같이 헤진 바지에 무릎과 엉덩이 쪽을 헝겊으로 덧대고 기워서 입은 모양이 눈에 확 들어와서, 우리 모두가 쳐다보며 혀끝을 찼습니다.

맹호부대의 치열한 안케전투로 유명한
꾸멍고개의 대로변에서 한 컷 한 다음,
옆의 우물이 있는 구멍가게에서
마른 생선구이에 고량주도 한잔하였다.

역시 공산주의, 사회주의의 참 모습을 보여 주는 듯하여, 격세지감이 느껴지기도 하였습니다.

투이호아 그리고 닌호아의 추억

다시 이곳을 지나 투이호아 해변가에 잠시 버스를 정차시키고, 시원한 야자수로 목을 축이는 동안, 나만의 그 옛날 회상 속으로 빠져 들었습니다.

당시 수백 대의 헬기들이 뜨고 내리던 이곳은 간이 비행장이 있었던 곳으로, 내가 작전에 투입될 당시 완전군장으로 헬기에 오르고 내리던 곳이었으니까 말입니다.

살벌했던 그 옛날에서 평화의 모습으로 변화된 투이호아 해변

우리는 다시 백마사령부가 있었던 닌호아로 이동을 하였습니다.

이곳에 백마사령부가 있었던 흔적을 찾아 보았지만, 사령부의 건물은 부서져 온데간데없고, 정문의 기둥 두 개만이 을씨년스럽게 서 있었습니다.

버스로 다시 나트랑으로 가는 길 도중에 잠시 휴식
또다시 이곳 최고 천연 음료인 야자수에 빨대를 꽂았다.
오랫동안 폐쇄되었던 국가였던지라 외국인을 신기하게 쳐다보는
베트남인들의 모습도 이색적이었다.

일행 중 나만의 추억이 서린 곳이었기에 혼자서 말없이 한참을 쳐다만 보았습니다. 잠시 후, 그 앞의 베트남 식당에 들어가 점심 식사를 하면서도, 또다시 까마득한 옛날 그때의, 그리고 나만의 추억에 젖어 들었습니다.

다시 우리는 버스에 올라 나트랑(낫짱)으로 향하였습니다.
다른 일행들 모두와는 전혀 다르게 나트랑에 대해서는 나만의 묘한 기대감이 있었기에, 그 곳으로 간다는 사실에 나도 모르게 마음이 설레었습니다. 24년전 내가 두 달여 파견근무를 하였던 추억이 깃든 곳이었으니 말입니다.

오! 추억의 나트랑

베트남 정부가 미국과의 국교를 회복하고, 이어서 우리나라와도 국교를 맺기 2년 전쯤부터, 한때 이곳의 지배국이었던 프랑스가 이곳 나트랑을 탐했었나 봅니다.
안내에 따르면, 프랑스에서는 이곳에 관광호텔들을 지어 프랑스인들의 관광지로 이용할 터이니, 베트남에서는 이곳의 좁은 비포장도로를 해결하여 달라고 해서, 이런 공사가 아직까지도 진행 중이라고 하였습니다.

베트남 전쟁 당시 내가 파견 근무했던 베트남 최고의 휴양지 나트랑에서

그런데 해변에 도달해 보니, 작은 규모의 호텔들이 여럿 들어서 있고, 풍경도 예전 그대로 잘 이어져 있었습니다.

참으로 감회가 깊게 다가왔습니다. 바로 이곳에서 1972년 크리스마스 때, 소대장, 분대장들과 그 놈의 꿀로 만든 다디단 양주에 맥주를 퍼마시고, 술에 찌들어 옆에 잠들어 있던 분대원의 머리통에다 '쉬─'를 하였던 곳이었으니 말입니다.

나트랑 해변 유원지로 향하는 도로는 넓게 확장되어 있고, 아스팔트 공사가 한창이어서 뿌려진 골탄 냄새가 더운 공기를 타고 코를 역하게 자극하였습니다.

우리 모두는 우선 호텔에 여장을 푼 후에, 한국인이 운영하는 식당에 들려 주인장과 술을 한잔하고, 어두워지자 그곳의 간이 고고클럽으로 향하였습니다.

개인 국민 소득이 고작 120여 불에 불과한 나라이지만, 나트랑은 베트남의 나폴리라는 명성에 걸맞게 멋진 해변과 호텔들이 있고, 외국인들이 찾는 휴양지라는 특수성 때문에 고고클럽도 있었던 것입니다. 문제는 건물이 아니고, 엄청나게 큰 천막으로 지어진 임시 막사와도 같은 모습이었다는 것입니다. 참으로 신기하게 보였습니다.

입장권을 들고 안으로 들어가 보니 술과 안주를 파는 곳도 있고, 어둠 침침한 중앙 한가운데를 보니, 고막이 터질듯이 빠른 템포의 음악에 따라, 몸을 흔들어 대는 무리들의 모습들이 눈에 들어왔습니다.

그 당시만 해도 내 나이 아직 50도 안 된 젊음의 시절이었던지라, 어느 한 선배와 함께 그 음악과 군중들 속으로 뛰어들어 갔었던 기억이 납니다.

그때의 사진을 보니 그 시절도 어느새 참으로 그리운 시절이 되어 버렸습니다.

천막 고고 클럽의 모습
그런데 에구머니나! 누가 갑자기 플래시를 터트렸다.

  나의 특별했던 지난 옛 추억 속에 새로운 추억까지 만들며
나트랑 해변에서 값진 하루를 보내고 호텔로 들어왔습니다.

  이곳 호텔들은 규모는 작아도 역시 프랑스인들이 운영하는
호텔들인지라, 시설과 주위 환경까지도 나무랄 데 없이 깔끔
하고 좋아 보였습니다.

  이튿날 우리는 호텔에서 아침을 먹고, 이내 이곳의 공항에서
다낭을 거쳐 베트남의 수도 하노이로 향하였습니다.

베트남 하노이의 이중적 모습

이곳 하노이에 도착을 하니, 내년 1997년도에 김영삼 대통령의 베트남 방문 계획에 맞추어 대우호텔이 거의 완공 단계에 이르고 있었습니다. 방문을 하였는데, 당시 베트남에서는 최고 최상의 호텔이라고 격찬을 했습니다.

당시 완공을 몇 개월 앞둔 하노이 대우호텔의 일부 모습

하노이의 시내 관광을 하다 보니, 이곳은 베트남의 수도이긴 하지만, 남쪽의 호치민시(옛날 베트남의 수도 사이공)보다는 발전이

많이 뒤처진 것이 역력해 보였습니다.

시내 관광을 하면서 세계 유일의 '수중 인형극' 관람을 끝으로 당시 하노이에서 제일 크다는 호텔로 들어갔습니다.

이곳 호텔은 베트남에서 제일 잘 나간다는, 소위 왕년의 사성四星 장군이 운영하는 호텔이기 때문에, 이 나라에서 유일한 나이트클럽도 있고, 그 나이트클럽 한 켠에는 룸살롱도 있다는 것이었습니다. 당시는 베트남에서는 여자와 술을 마시거나, 잠자리를 하다가 단속되면 엄청난 벌금에 즉시 강제출국이기 때문에, 엄청 몸을 사려야 하지만, 이곳에서만큼은 이 모두가 예외라고 하였습니다.

그래서 우리는 더 이상 망설임 없이, 이 호텔에 여장을 풀기가 무섭게 모두(23명)가 나이트클럽의 룸살롱으로 직행하였습니다. 물론 예약에 따른 일정인 만큼, 정문에서부터 안내에 따라 그곳에서 제일 큰 룸으로 들어갔습니다.

그런데 남자가 스물세 명이다 보니 아가씨도 스물세 명, 그리고 마담까지 하면 총 마흔일곱명인데, 이 많은 사람이 앉기에는 너무도 비좁았습니다. 그러다 보니 아가씨들을 무릎에 앉혀야만 할 정도였습니다.

우리나라 같으면 당연히 밴드가 있었겠지만, 당시 그곳에서는 제일 큰 호텔의 룸살롱이라 하는 곳임에도 불구하고, 밴드조차 없었습니다. 가라오케 기계가 있었는데, 한국 노래가 들어 있었으니 그나마 다행으로 알아야 했습니다.

재미있는 에피소드가 있었는데, 우리 베트남 참전자 일행 중한 사람이 남대문시장에서 3,000원짜리 일명 '딸라 시계' 세 개를 사와서는, 마담에게 한 개, 한 개, 또 한 개, 이렇게 세 개를선물이라고 손에 쥐여 주니까, 황송해서 어쩔 줄 몰라 하면서"아가씨가 필요한 분은 말씀하세요, 호텔방으로 동행시켜 보내 드리겠습니다."라고 하는 것이었습니다. 하지만 공무원들과 구 의원 등이 상당수인데 '언감생심' 어찌 감히 그런 생각들이나 했겠습니까?

우리는 이곳 베트남 방문 중에 처음이자 끝으로 즐겼던 룸살롱에서의 여흥을 뒤로하고, 호텔에서 묵은 후, 이튿날 하노이의 주 베트남 한국대사관으로 향하였습니다.

호치민의 총영사도 그랬지만, 이곳의 한국 대사께서도 많이놀라는 듯한 눈치였습니다. 자신들은 용산구와 베트남 도시와의 자매결연에 반대하며 부정적 답변을 하였는데, 대사관이나 영사관의 도움없이 '퀴논'이라는 도시와 자매결연을 맺었다니, 도대체 어떻게 일을 추진했는지 이해하기 어려웠던것 같습니다.

베트남 하노이 한국 대사관에서 대사와 담소를 나누는 모습

하노이 한국대사관 관사 앞에 나와서 한 컷

대사관을 나와 점심 식사를 마치고, 하노이의 성균관에 들려 민속공연을 관람하고, 다시금 재래시장도 구경하였습니다. 호텔에서 저녁 식사를 마친 다음, 우리 일행 중 가까운 몇 몇이서 호텔 앞 근처 카페 골목으로 들어갔습니다.

아주 자그마한 10~15평 규모의 카페들이 오목조목 줄을 이어 있었는데, 한곳으로 들어가 빠에 걸터앉아 양주칵테일을 시켜 그곳의 문화를 즐겨 보았습니다.

그런데 앞의 술 진열장에 양주와 함께 진열된 낯익은 작은 드링크제가 보였습니다. "저것이 무엇이냐." 하고 물었더니, 술 마시고 나서 그것을 마시면 다음 날 숙취 없이 엄청 컨디션이 좋아진다는 것이었습니다.

바로 우리나라 '박카스'였습니다.

하나를 달라고 해서, "이건 우리나라 코리아에서 인기있는 드링크제이지요." 하면서, 내가 직접 뚜껑을 열어서, 그녀에게 나 대신 마시라고 주었습니다.

이런 크고 작은 그리고 추억들을 만들어 가며, 우리의 일정을 무사히 끝내고, 다음 날 아침 귀국을 위해 하노이공항으로 향하였습니다.

항공 여객기 안에서의 함성!

하노이에서 탑승을 하고 보니, 이 항공기 내 뒤편에는 베트남의 젊디젊은 처녀 총각들이 120여 명이나 타고 있었습니다.

비행기가 이륙을 하고 두세 시간이 지나고 나자, 몇 명이 무언가 인쇄된 A4 용지를 가지고 와서는 묻는 것이었습니다.

이 친구들은 한국으로 취업을 가기 위해 1년간 한국어를 공부하고, 이제 취업비자를 받아 한국으로 처음 가는 길이라고 한국말로 더듬더듬 말해 주었습니다.

이들이 우리에게 물으려 하는 것은, 자신들이 배정된 곳이 과연 좋은 곳인지 나쁜 곳인지가 엄청 궁금하다는 것이었습니다.

배정된 곳이 평택, 목포, 천안, 안양 등의 중소 기업체들이었습니다. 전국에 골고루 퍼져 있었는데, 이들의 안착지가 될 그 많고 많은 곳들을 내가 어찌 다 알 수 있었겠습니까?

내가 그들에게 해 줄 수 있는 대답은 한 가지였습니다.

"좋은 곳이란다, 너도 좋고 너도 좋아! 다들 좋은 곳으로 가게 되었구나! 걱정들 하지 않아도 돼!"

이러는 사이에 비행기가 어느덧 김포공항에 근접하면서 고도가 낮아지니까, 이때부터 모두들 창밖을 내다보느라고 정신이 없었습니다.

그러다가 아파트가 숲을 이루고 있는 모습들을 보더니만 감탄사를 연발하였습니다. 120여 명의 함성소리가 기내를 들썩이게 하였는데, 당시 이들에게는 낯선 한국의 풍경이 아마도 환상적으로 보였던 모양이었습니다.

자매결연 조인을 위한
퀴논 시의회 초청 행사

나는 베트남참전전우회 회장

　퀴논시에서 자매결연 가조인식을 한 후, 7개월 만에 베트남 측
인사들을 용산구로 초청하여 정식 조인식이 남산 하얏트 호텔
에서 이루어졌습니다.

　이날 행사장에는 아래 좌석 배치도에 따라 착석을 하였는데,
퀴논시 행사에서는 없었던, 각 참석자의 명패를 만들어 자리
에 하나씩 놓였습니다.

　물론 내 명패에는 이름 밑에 해외참전전우회장 이라고 한글
과 베트남어로 같이 명기되어 있었습니다. 물론 사회자가 참
석자 소개를 할 때도 모두 확실히 인지했겠지만 말입니다.

용산구 – 퀴논시 자매결연 좌석배치도

경 찰 서 장	의 회 의 장	평통 회장	서정화 의 원	실송융 구청장 (구기)	퀴논시 시 장 (시기)	퀴논시 부단장	퀴논시 인민회 의 장	퀴논시 조국전 선의장	부 청장	구 청 장

사회
통역 ◉

웬 카 인 퐁	← 문화사회 위원장	서울시시의원 →	백 남 선
쩐 꽝 바	← 경제예산 위원장	서울시 시의원 →	송 덕 화
레 딘 쯩	← 재정기획 위원장	구의회 부의장 →	장 진 국
도 쑤언 토	← 노동보훈 위원장	구의회 운영위원장	김 봉 근
웬 면	← 국제협력, 통 역	총무재무보건위원장	김 봉 현
웬 타인 민	← 수공업회사 사장	시민도시건설위원장	정 헌 옥
동 티 아인	← 무역회사 사장	새마을용산지회장 →	김 정 득
이 정 은	← 서울특별시새마을 부녀회장	용산신문사 사장 →	조 승 준
김 정 순	← 용산구여성단체 연합회장	용산CA T.V 사장 →	배 승 남
신 정 녀	← 용산구새마을 부녀회장	총무국장 →	김 인 수
박 영 자	← 주부환경봉사단장	기획실장 →	최 병 철
홍 금 회	← 녹색 어머니회장	사무국장 →	김 석 봉
곽 정 복	← 천호펌프 사장	재무국장 →	인 사 진
박 종 승	← 유한케미칼 사장	시민국장 →	송 세 열
이 원 호	← 해외참전전우회장	도시정비국장 →	장 문 학
서 징 호	← 구청장 비서실장	건설국장 →	강 민 수
김 영 식	← 기획예산담당관	보건소장 →	김 윤 수
이 성 구	← 감 사 담당관	재무과장 →	홍 명 표
한 진 선	← 문화공보담당관	산업과장 →	황 달 수
김 태 진	← 시민과장	지적과장 →	성 광 수

송 금 섭	유 연 욱	이 호 정	윤 석 조	박 효 주	유 재 원	윤 상 숙	김 성 도

구청 관계 담당관.과장 배석

　이것을 유심히 보던 머리가 하얀 퀴논시 의회 의장이 내게 오더니, 베트남 전쟁에 참전을 하였느냐고 묻고는, 자신은 당시 월맹군 보급 장교였다며 엄청 반가워 하는 것이었습니다. 아니, 그때는 '적'이 아니었던가요?

하지만 이렇게 만나는 특별한 인연이기에 더욱 반가웠나 봅니다.

이들은 이태원의 캐피탈호텔에 여장을 풀고, 다음 날부터는 용산구청 주관으로 관광버스를 타고 서울의 고궁과 남산, 재래시장인 남대문시장 등을 이틀간 돌았습니다.

3일째 되는 날 저녁에는 구청과의 사전 협의에 따라, 민간인 차원에서 내가 퀴논시의 일행 열여섯 명 모두를 책임지고, 한국의 밤 유흥을 함께 하기로 하였습니다.

구청과의 협의한 대로 3일째 되는 날, 하루를 전세 낸 한남동의 단란주점으로 이들을 안내하여, 우리 베트남 참전 전우들과 얼굴을 마주하였습니다.

옛날 같으면 적대적이었던 우리들의 만남은, 오늘날의 화해와 용서 그리고 발전의 동반자로 다시금 자리를 같이하게 된 것이었습니다.

처음에는 우리나라 단란주점의 유흥 문화에 무척이나 어색해하는 이들에게 우선 술을 적당히 권한 다음, 우리 측에서 먼저 노래를 몇 곡 시작하였습니다.

그런 후에 왕년에 월맹군 보급 장교였었다는, 퀴논시의 제일 연장자인 머리가 하얀 의회 의장에게 마이크를 넘겼습니다,

처음에는 완강히 사양하는 것을 모두가 부추겨서 결국 노래를 하게 만들고 나니, 시작이 어려웠을 뿐, 다음부터는 그 일행

들 모두가 노래도 잘하고 춤도 잘 추고 해서 분위기가 엄청 좋아졌습니다.

그 대신, 그날 나는 술값으로 꽤나 큰 돈을 부담해야 했습니다.

베트남의 관료들은 대개가 월맹군 간부급들이었으니, 굳이 말하자면 우리 베트남 참전자들과는 예전의 적들이었습니다. 그러나 바로 그 이유 때문에 오히려 특별한 인연이 되어, 역으로 그들과 우리는 더욱 쉽게 친해질 수가 있었나 봅니다.

그들이 돌아가기 전에 제일 관심있게 챙기는 것은 바로 인삼이나 홍삼이었습니다.

그들이 돌아가는 항공편 시간이 새벽인지라, 전날 밤에 캐피탈 호텔에서 전송 인사차 만났을 때, 이들은 고마움에 눈물도 흘렸습니다.

한국 사람들 특유의 정을 듬뿍 담은 선물들을 우리가 어찌나 많이 안겨 드렸는지 주체를 못 할 정도였으니까 말입니다.

이태원 퀴논의 거리

자매결연 20주년의 기념사업

그 이후로 용산구와 퀴논은 돈독한 정으로 매년 왕래를 하며 지내게 되었습니다.

그러다가 2016년에 조성된 이태원의 퀴논 길은 약 300미터의 길인데, 1997년 자매결연을 한 지 20주년 기념사업으로 세운 길입니다.

외국인들이 많은 이태원에서도 가장 특색이 강한 거리이며, 베트남인들이 선호하는 곳이기도 합니다. 1996년 나와 같이 퀴논으로 첫 출발할 때 동행했던 당시의 구 의원이, 용산구청장을 세 번이나 연임한 '성장현'이란 분 입니다.

어찌 보면 이태원 '퀴논의 거리' 명명도 비록 별것 아닌 것 같았지만, 나와 설송웅 당시 구청장의 노력이 없었던들 과연 태동이나 되었을까 하는 생각이 들어 감회가 깊습니다.

퀴논의 거리는 활기차고,
특히 베트남인들도 많이 찾는 명소가 되었다.

좌측이 퀴논시와 자매결연에 적극 도움을 주신 위더스 여행사 대표

당시 수고를 아끼지 않았던 이분께 다시 한번 깊은 감사를
올립니다.

라이따이한!

라이따이한의 희망

2006년도에 베트남과의 기억 중에서 크게 아쉬운 점이 하나 있었습니다. 그것은 한국인의 2세라는 점 때문에 베트남에서 크나큰 멸시를 받으며 어렵게 자랐으면서도, 아버지가 누군지도 모른 채 한을 품고 사는 '라이따이한'들이었습니다.

그들의 아픔을 베트남 전쟁에 참전한 우리 세대들만은 모두가 잘 아는 터일 것입니다.

베트남에서 그들의 친목 단체인 라이따이한의 회장이라는 젊은이 하나가 그들의 숙제를 안고 한국으로 온다 하기에 만난 것이 2006년도 7월경이었습니다.

회장인 젊은이를 만나서 금전적인 것 외에 도와줄 수 있는 게 무엇이냐고 물었더니, 이들이 바라는 것은 딱 한 가지, 한국의 노동자로 뽑혀 오는 것, 바로 그것이라고 하는 것이었습니다.

멸시받으며 살아온 현재의 가난을 떨쳐 버리려면 오직 돈을 벌어야 하는데, 당시 이들이 떳떳하게 육체노동으로 돈을 쉽게 벌 수 있는 수단은 한국의 노동자로 오는 길밖에는 없다는 것이었습니다.

1970~1980년대 우리나라 사람들이 중동에 노동자로 뽑혀 가지 못해 난리 법석일 때와 아주 흡사한 것이었나 봅니다.

그럼 그곳에서 지원해서 오면 되지 않겠냐고 물었더니, 그것이 그렇게 쉬운 것이 아니라고 하였습니다. 베트남인이 한국의 노동자로 오려고 하면, 엄청 백이 좋거나 돈을 많이 써야 한다는 것이었습니다.

그래서 나와 뜻을 같이하는 베트남 참전자 출신의 목사 한 사람과 이 라이따이한 회장을 대동하고 노동부 장관을 만나려 면담을 요청했습니다.

노동부 장관이 실무자인 차관과 심도 있게 상의하여 보라 하기에 이 차관과 별도로 점심 약속을 하였습니다. 우리 세 사람은 노동부 차관과 오찬을 같이 하면서 자초지종을 말한 뒤에, 베트남의 라이따이한들을 한국의 노동자로 특별 초청해 줄 것을 강력히 부탁했습니다.

당시 그 노동부 차관은 40대 중반의 젊은이로서, 아주 긍정적으로, 뭐 어려울 게 뭐가 있겠냐는 듯, 혼쾌히 받아들이는 자세였습니다. 기대감을 갖고, 노동부 차관에게 부탁에 부탁을 거듭하고 돌아왔습니다.

라이따이한의 좌절감

일주일 후에 이 노동부 차관에게서 기다리던 전화가 왔습니다.

기대했던 전화였기에 반갑게 받았건만 결과는 정반대였습니다.

노동부에서는 문제가 없는데 문제는 외교부라는 것이었습니다.

베트남 전쟁 당시 월맹과 우리는 적대적으로 총부리를 겨누는 원수의 사이였는데, '그 당시 원수 사이에서 태어난 라이따이한'들만을 베트남 정부에서 우선 특별히 선별해서 보내 달라고 요청하기는 어렵다는 것이었습니다. 외교적으로 아주 민감한 문제라서 불가능하다는 것이었습니다.

이 말을 전해들은 나로서는 아주 난감하고 괴로운 문제였습니다.

라이따이한 동료들의 사명감을 떠안고 대표로 이곳으로 와서, 이젠 잘되려나 보다 하는 기대감에 잔뜩 부풀어 있는 이 친구에게, 이 말을 어찌 전해야 할지가 당시로서는 너무도 난감하였습니다.

　결국 눈이 퉁퉁 부은 채로 되돌아서던 그 라이따이한의 뒷모습은 지금도 생각하면 가슴이 아려 옵니다. 언제가 되더라도 이 문제는 꼭 해결되어야 한다고 생각합니다. 베트남전에 참전했던 한 사람으로서, 베트남과 특별한 인연을 가진 한 사람으로서, 그리고 대한민국 국민의 한 사람으로서 이 문제의 해결을 위해 앞으로도 최선을 다하겠다고 각오해 봅니다.

행사 및 기록 사진들

우리 전우들의 사무실을 찾아 주신 채명신 전 주월사령관님과 함께

제발 그만 좀 하자고 필자가 넘겨준 지부장인데,
1년도 안 되어서 다시 넘겨받게 되어 이취임식을 또 하게 된 모습
뒤에는 설송웅 구청장, 진영 국회의원 등 내빈분들이 보인다.

재향군인회 용산 기동봉사대 발대식
박세직 재향군인회장님과 채명신 전 주월사령관님의 뜻에 따라 최초로 재향군인회
기동봉사대를 발족해 발대식 겸 송년회 행사를 이태원 해밀턴호텔에서 갖게 되었다.

축사를 해 주시는 채명신 전 주월사령관님

채명신 전 주월사령관님
그분은 술을 받아는 놓으시지만 절대 안 드신다.

필자의 좌측이 조순 서울시장, 우측이 설송웅 구청장

왼쪽이 부구청장, 가운데 설송웅 구청장
그리고 맨 우측이 필자의 모습이다.

동작동 국립묘지에서 현충일 기념행사

이용상 경찰서장에게 감사패를 전달하고 담소를 나누는 모습

우리 전우들 사무실에 내방하신 강창성 국회의원

보안사령관 시절 전두환, 노태우가 조직한 하나회를 뿌리 뽑으려다 좌천되었고, 1980년 3월 전두환 보안사령관의 초대로 국정 문제에 대한 이야기를 나누던 중, 전두환이 집권욕을 드러내자 "이번만은 국민들이 자유롭게 뽑은 민간 정치인에게 정부를 이양하는 것이 가장 현명한 길"이라며 비판했다가, 보안사령부 서빙고 분실로 연행되어 고문을 받고, 영등포교도소로 이감되어 2년 형을 살면서 체중이 70킬로그램에서 40킬로그램대로 빠진 뒤 당뇨병까지 얻었다고 합니다. 이후 명지대 교수 및 민주당 부총재를 거쳐, 이후 한나라당 총재권한대행까지 하셨습니다.

오유방 국회의원의 내방
법조인으로서 국회의 정풍 운동에 힘을 기울인 분이다.

중증 장애 아동 요양시설 영락 애니아의 집
최신형 스웨덴 제품, 접이식 아동용 휠체어 6대를 기증했다. 10대, 20대의 나이에도
성장을 못 해 누워서 기저귀를 찬 어린아이들의 모습들을 보노라면 가슴이 아려 온다.

채명신 전 주월사령관님을 위시해서 전국에서 모인 5만여 월
남 참전 전우들은 그곳을 출발하여 청와대까지 가두 행진을
하려고 하였으나, 이에 맞선 엄청난 경찰 병력과 대치 국면에
이르게 되었고, 이때 이용상 용산경찰서장이 나를 찾기에 만
났더니, 채명신 전 주월사령관님을 만나게 해 달라는 것이었
습니다.

1993년 6월 용산 전쟁기념관에서 해외참전전우회 주관으로 진행된 궐기대회
국가유공자 예우 및 전투수당 지급에 관한 행사였다.

자초지종을 말씀드리고 전 주월사령관님을 모시고 경찰서장
과 자리를 만들었습니다.

협상 끝에 채명신 장군님의 명예를 믿는 조건으로 서울역 까
지만 행군을 승인하되, 그곳에서 해산하는 조건으로 매듭을
짓고, 삼각지 전쟁기념관에서부터 서울역까지 시위 행군을 무
사히 마칠 수가 있었습니다.

자원봉사 사례 발표를 하기 직전
원고를 고치고 있는 필자의 모습이다.

1994년 8월 18일 용사의 집, 자원 기동 봉사 사례 발표
연사로서의 필자의 모습이다.

1996년 8월 4일 경기 연천 전곡 등의 수해 지역의 봉사 활동
자원봉사자 30명은 연막 소독과 오물 수거 등을 지원하고,
김치 네 박스, 밥 300인분, 스타킹, 양말 등도 전달하였다.
얼마나 수해가 심했으면 높은 나뭇가지에도 쓰레기가 걸려 있었을까 싶은 장면이다.

인 수 증

□ 기 탁 자 : 사회대헌해외(원법)창헌전구회
리헤서울특별시회 용산지구부
지부장 이원호외 회원일동   귀하

□ 기 탁 물 품 : 음료수 106 박스, 양말 480 천레)
과자류 46 〃   목차 20개
쓰스류 7 〃
의 류 88 함

상기 물품을 정히 인수하여 기탁목적에
맞게 전하여 드리겠습니다.

2000년 4 월 30 일

삼 척 시 장

　　2000년 4월 30일 삼척 지역에 엄청난 산불 화재가 일어났기에 우리 기동봉사대에서는 음료수 106 박스와 의류 등 한 트럭분을 싣고 삼척시에 찾아가 기탁하였습니다.

용산의 월남참전전우친목회 '월우회'의 2006년도 송년회
채명신 전 주월사령관님을 모시고 함께 의미 있는 시간을 가졌습니다.

2007년 12월 27일, 태안 앞바다 기름 유출 지역
생필품 한 트럭분을 전달하고, 기름 제거 작업을 하려고 하였다. 그런데 그런 일은
젊은 사람들이나 하는 것이라며 극구 만류들을 하는 바람에, 위문품만 전달하고
그냥 돌아와야 했다.

2006년 8월 13일 강원도 평창에 엄청난 수해가 발생
위문품 한 트럭을 전달하고 밤 늦게까지 민가에 들어가 진흙 제거 작업을 돕다가
돌아왔다. 몸살들을 앓지 않은 것만도 다행일 정도로 힘들었던 기억이 난다.

최행자 미8군 가정문제연구소장
이분이 주한 미8군 카미서리에서 우리에게 물품 지원을 많이 해 주셨다.

미 8군 카미서리 담당직원분들의 모습

송년회장에서 건배 제의를 하는 모습

이준우 용산구청장에게 감사패를 전달하는 모습

설송웅 용산 첫 민선 구청장에게 감사패를 전달하는 모습

용산구에 최초로 세워지는 노인복지회관 기공식
필자도 참석하여 테이프 커팅을 하고 있는 모습이다.

재향군인회행사
기동봉사대가 참석하여 연사에 귀 기울이고 있는 모습이다.

베트남 수교 13주년 기념 공연

주한 베트남대사가 주최하는 한국, 베트남 수교 13주년 기념공연
세 시간여에 걸쳐 롯데호텔에서 행사를 갖게 되었습니다.

기념 공연이 끝나고 공연단들과 함께 기념촬영

공연 MC와 함께

주한 베트남대사가 주최하는 한국, 베트남 수교 13주년 기념공연
세 시간여에 걸쳐 롯데호텔에서 행사를 갖게 되었습니다.

서울역에서 노숙자들에게 무료 배식 봉사를 하는 모습들

이곳 서울역에서 노숙자들에게 식사를 제공하는 '밥 퍼 목사'가 있었습니다. 그는 베트남 참전 전우이고 나의 후임인 용산지회장이기도 하기에 시간이 허락되면 찾아가 돕기도 하였습니다. 그러던 어느날 노숙자들이 식판을 '밥 퍼 목사'에게 들이대며 소리를 질러 대는 것이 아니겠습니까. 내가 말리려고 노숙자에게 둘러싸인 '밥 퍼 목사'에게 쫓아갔더니 어느 한 명의 험상궂은 노숙자가 갑자기 드라이버를 꺼내 나의 목에 들이대고는 금방이라도 찌를 듯이 위협하며 소리쳤습니다. "야, 임마! 너는 뭐야? 너도 이놈과 한패지? 그래, 우리 노숙자들을 팔아서 얼마나 많이들 해 처먹었냐? 이 뒈질 놈들아, 내가 죽여 줄까?" 하며 계속 드라이버를 목에 들이대는데 정말 식은 땀이 났지만 나는 애써 침착하게 웃으며 물었습니다.

"아니, 나는 봉사하러 온 사람입니다만 도대체 무슨 일이기에 이러시는 겁니까?"

그렇게 물었더니 그는 한참 내 얼굴을 쏘아보다가 드라이버를 슬그머니 내리고 이야기를 이어 갔습니다.

"아니, 이 목사란 놈이 글쎄 한두 번도 아니고 이렇게 쉰 반찬을 우리들 먹으라고 가져다준단 말입니다. 우리를 팔아서 받은 돈은 뒷주머니 차고, 이렇게 버리는 음식을 주워다가 우리에게 먹으라고 주는 놈이 어데 인간입니까?"

이런 와중에 '밥 퍼 목사'는 얼른 쉬었다는 반찬 한 가지를 치우면서 연거푸 그들에게 미안하다며 달래는 모습이 보였습니다.

이런 사연을 겪으며 알아본 결과 이 '밥 퍼 목사'가 각 학교에서 남는 급식을 거두어 냉장 보관했다가 다음 날 데울 것은 데워서 이들에게 배식한다는 것을 알았습니다. 그러다 보니 가끔씩 이런 일이 벌어지는 모양이었습니다. 원래 그것은 불법이고 해서는 안 되는 행위인 것이지요. 나는 이런 모습들을 지켜보면서 어떻게 해석하고 이해하여야 할지 답답하더군요.

우리가 군대 복무할 때, 그때만 해도 한 주먹의 보리밥과 소금에 찌든 짠지나 김치 서너 쪽, 그리고 멀건 콩나물국에 배곯아 터지던 시대였었지요. 당시 얼마나 배가 고프고 힘들었으면 중대 본부 대문에 '도망병은 민족의 반역자다'란 붉은 글씨의 거대한 표어가 있었겠습니까.

그러나 지금은 노숙자들도 제대로 된 반찬이 서너 가지에 국이나 찌개, 그리고 흰 쌀밥까지도 자유 배식이 되는 것을 보고는 정말 엄청난 격세지감을 느끼지 않을 수가 없었습니다.

그렇습니다. 나는 지금껏 이 원고를 쓰느라고 '그 젊은 날의 회상'에 흠뻑 젖어 있다 보니 그동안 소설인 듯 꿈인 듯 한 환상에 갇혀 있다가 갑자기 현실로 방금 튀어져 나온 것만 같음은 무슨 까닭일까요?

누구에게도 털어놓지 못했던 많은 것들을 이렇게 털어놓고
보니 날아갈 듯 가벼움도 느낍니다. 끝까지 읽어 주신 분들께
깊은 감사 올립니다.

글을 마치며

군에서 전역 후.

지금도 고통으로만 기억되는 헬기 소리와 총소리 포탄 소리 등, 악전 고투하며 겪었던 트라우마는 50여 년이 지난 지금까지도 완전히는 지워지지 않더군요.

전투의 고통 속에서도 살아 남아야겠기에 그 독한 찌꺼기 오줌도 마셨었고, 죽음을 무릅쓰고 내려간 습지에서 탁한 벌레 섞인 물까지 마셨으며, 노획한 베트콩 배낭 속의 감자 옥수수를 보며 죽어 간 베트콩들의 애절한 영혼에 괴로워해야만 했었고, 말라리아열병에 유서까지 남기고 자살까지 시도했지만 그 와중에서도 살아남은 사람이 바로 나였다는 것이 참으로 자랑스럽습니다.

이러한 전쟁의 악전고투 그리고 군영 생활의 수 많은 사연들이 있었기에 전역 후에도 전우들과 뜻 깊은 봉사 생활을 이어나갈 수가 있었지 않았나 생각됩니다.

삶을 살아간다는 자체 역시도 처절한 전투일 수밖에 없더라구요.

삶의 굴곡이 심했던 나였지만 후회 없는 삶이었습니다.

아등바등 악바리처럼 사는 것도 한 방법이었겠지만 어떠한 환경에 처하더라도 '늘 손해 보는 듯 살아가자'는 나의 인생관도 그리 나쁘진 않았다고 생각됩니다.

그래도 나를 걱정해 주는 자식이 있어 고맙고, 한시라도 떨어지면 못 살 것 같은 사랑스런 아내까지도 옆에 있어 더욱 행복합니다.

나에겐 늘 이렇게 넘치는 사랑과 미소와 건강이 있습니다. 그리고 냉장고 속엔 나의 생명의 구세주인 맥주도 가득가득 모셔져 있으니까요

아, 참.

많은 사람들이 제게 궁금하다며 물어오는 한 가지가 있습니다.

솔이 엄마의 뒷이야기, 그것이 무척 궁금하시다고요!

예, 소나무 곁을 지날 때면 불현듯 생각이 떠오르기도 하였던,

아련하고 아름다웠던 추억으로 남아 있는 솔이 엄마랍니다.

그때의 그 솔이 엄마는 지금 어느 하늘 어느곳에서 나처럼 늙어 가고 있으려나? 아, 옛날이여!

우리 모두 삶이든 건강이든 사랑이든 그 어떤 전투에서 든 늘 후회 없는 진정한 스스로의 영웅이 됩시다.

우리 모두 파이팅!

2022년 7월

이우로 드림